BROOKLYN-BARAKALDO

ANTONIO LLERAS

BROOKLYN-BARAKALDO

PLAZA JANÉS

Papel certificado por el Forest Stewardship Council®

MIXTO
Papel | Apoyando la silvicultura responsable
FSC® C117695

Penguin Random House Grupo Editorial

Primera edición: mayo de 2025

Travessera de Gràcia, 47-49. 08021 Barcelona

Printed in Spain – Impreso en España

ISBN: 978-84-01-03665-1
Depósito legal: B-4.792-2025

Compuesto en Mirakel Studio, S. L. U.

Impreso en Black Print CPI Ibérica
Sant Andreu de la Barca (Barcelona)

L036651

Para Elena, a quien volvería a buscar
en mi nave del tiempo si volviera a nacer,
si empezara de nuevo

Para mis padres, Pepa y Antonio, por cada
abrazo, por cada sonrisa, por cada beso

Para mis hijos, Samuel, Marcos y Elías,
que me suben cada día a las atracciones
más divertidas y consiguen que mi
mundo nunca se canse de girar

No es la muerte la que se lleva a los que amamos. Al contrario, los guarda y los fija en su juventud adorable. No es la muerte la que disuelve el amor, es la vida la que disuelve el amor.

Héctor Abad Faciolince,
El olvido que seremos

Todos nos enfrentamos en la vida a decisiones angustiosas, elecciones morales. Algunas son a gran escala. La mayoría de dichas elecciones son sobre asuntos banales, pero nos definimos a nosotros mismos según las decisiones que hemos tomado. En realidad somos la suma total de nuestras decisiones.

Las cosas suceden tan imprevisiblemente, tan injustamente... La felicidad humana no parece haber sido incluida en el proyecto de la creación; somos solo nosotros con nuestra capacidad para amar los que damos sentido al universo indiferente y, sin embargo, la mayoría de los seres humanos parecen tener la habilidad de seguir intentándolo e incluso de encontrar la felicidad en las cosas sencillas, como su familia o su trabajo, y en la esperanza de que las futuras generaciones puedan comprenderlo mejor.

Woody Allen, *Delitos y faltas*

Esta es una obra de ficción. Aunque algunos de los eventos, lugares y personajes están basados en hechos reales, los personajes principales y algunos emplazamientos aquí descritos son fruto de la imaginación del autor y están diseñados para crear una narrativa. Cualquier semejanza con personas reales, vivas o fallecidas, es pura coincidencia, no buscando el autor ofender, en ningún momento, a ninguna persona. Los momentos reales han sido recreados con la intención de ambientar la trama. Se han tomado ciertas licencias creativas para construir esta historia ficticia enmarcándola en nuestro pasado reciente.

1

Mi adiós a Barcelona está marcado en el billete de autobús a las nueve y doce. La misma hora. Ni a las nueve y cinco, ni a las nueve y tres. Exactamente a las nueve y doce. Cuando todo reventó. Aunque vosotros aún no sabíais nada de eso.

Falta un minuto para las nueve y doce y el conductor de bigote de morsa ha arrancado el motor. No me concede una prórroga para despedirme de esta ciudad acomplejada, pero que me acogió en mis peores momentos; de esta ciudad hospitalaria, que ya no me quiere dentro de ella ni un minuto más. Barcelona quizá sepa que hoy, Mateo Barros, arquitecto del montón, escritor frustrado, regresa a Madrid veinte años después.

El olor a gasóleo se empieza a colar sin pausa entre los asientos y el runrún del motor me recuerda al del autobús escolar que paraba frente al Mater, el colegio que hay cerca de la casa de mi padre. Me ha tocado ventana y me gustaría correr la cortinilla, pero el calvo que se sienta a mi lado parece querer mirar. No necesito últimos reencuentros con sus *carrers*, *vias* y *avingudas*. No quiero saber más de esa arquitectura que me trajo hasta aquí.

Tampoco me apetece que pueda pillarme emocionado cuando en una esquina os aparezcáis alguno de los dos, con ocho años menos, saliendo del Coliseum agarrados a mi mano después de haber visto *Harry Potter*. O tirándoos por un tobogán, mientras espero abajo con los brazos abiertos dispuesto a cogeros en el aire para que no os entre arena en las sandalias. Os veo frente a los chimpancés del zoo, dando manotazos al cristal para ver si conseguís llamar su atención. En el Tibidabo, subidos conmigo a la noria. Tomando un helado de chocolate por el puerto. Buscando cómics en Galaxia. Con la última camiseta de Messi, ya en vuestras manos, saliendo exultantes de El Corte Inglés de Plaça de Catalunya.

Sé que ya no me necesitáis tanto.

Cada día me necesitáis menos.

Yo cada día os necesito más.

Nuestra dependencia mutua ha sido la de unos vasos comunicantes: ahora soy yo el que os necesita de manera casi tóxica, como hacías tú, Pau, cuando, de canijo, rompías a llorar si desaparecía de tu vista tres minutos al bajar la basura.

Demasiado pronto se detiene el autobús. Hace nada que hemos salido de la estación de Sants. Atasco. Al otro lado del cristal, bajo la lluvia, el polideportivo de Santa Eulalia.

Por mirar.

Ahí jugaste tu primer partido de balonmano, Marc. Uno de esos domingos a las nueve que tanto me jodían. Viendo tu cara después, con esa sonrisa casi más ancha que tu espalda, sentía de inmediato que el madrugón había merecido la pena.

Quizá habría sido más elegante salir de Barcelona en un AVE y llegar a Madrid empleando cinco horas menos sentado en un vagón monacal de esos en los que está prohibido hablar por el móvil. Pero lo que me sobra ahora es tiempo y silencio, y lo que me falta es dinero. Vosotros lo sabéis mejor que nadie, que habéis sufrido los fines de semana que os tocaba conmigo en ese quinto sin ascensor de la Barceloneta, que ya no puedo ni pagar, teniendo que esquivar ingleses borrachos que se quedaban dormidos en las escaleras.

Por los altavoces, entrecortada, la voz del conductor del autobús. Parece querer usurpar ese momento de gloria reservado, hasta ahora, a los pilotos de avión. Se llama Tino y nos va a acompañar en este viaje, dice. Tino informa de que lloverá hasta Zaragoza. Creo que no, que lo hará hasta Madrid. Y durante días. Durante semanas. Meses.

Tino se llamaba mi profesor de la autoescuela del barrio de la Concepción. Mi barrio, el del abuelo, adonde ahora voy. Me gusta mucho pronunciar «barrio de la Concepción», igual que «avenida de la Ilustración». Queda muy rítmico. Más elegante que los nombres de las calles de por aquí. La verdad es que nunca me he sentido catalán en estos veinte años. Ni por asomo. Por muy catalanes que hayáis nacido u os declaréis vosotros. La lengua y la ciudad sí me gustan. Si no, me hubiera negado a que os llamarais Marc y Pau. Pero me hace más gracia un «barrio de la Concepción» que un «l'Eixample». Suena más provinciano, más alegre, menos distante. El catalán, salvo en las canciones, suena distante.

No creo que el abuelo Juan me vaya a recibir con los brazos abiertos. Comienzo a notar calor en las orejas solo con imaginarme contándole que ya no tengo ni para pagar el alquiler. Diciéndole que vuelvo a la casilla de salida con varias entrevistas de trabajo en estudios de arquitectura de Madrid. No atreviéndome a decirle que lo que de verdad necesito ahora mismo es ponerme a escribir la novela que lleva tiempo mordiéndome. Quiero pensar que aquella bomba, hace veinte años, no consiguió reventar todos nuestros vasos comunicantes.

Llueve.

Detrás de los cristales llueve y llueve.

Como escribía Machado.

Como cantaba Serrat.

2

Virgen del Castañar, Virgen del Portillo, Virgen de la Fuencisla. Una virgen tras otra deslumbraba a Malen aquella tarde en el barrio de la Concepción. Casi al mismo ritmo con el que se le aparecían las viejas tras los visillos de los bajos que daban a la calle.

Virgen del Fresnedo, Virgen de la Providencia. ¿Dónde coño estaba Virgen de la Monjía? Telenovela. Ganchillo. Olor a café. Mujer con rulos leyendo junto a una mesa camilla. Sonido a beso con babas en la mejilla del nieto que vuelve del Obispo Perelló. La voz de Gemma Nierga escapándose por las rejas de la ventana negra de un edificio que recordaba a un presidio. Nadie diría que se acabase de iniciar un nuevo siglo con el euro empezando a figurar en los tíquets de todos los comercios del barrio.

Al manosear las llaves que guardaba en el bolsillo de los vaqueros, se creía una *sorgina* de las que le hablaba su *amama* Teresa, esas que dominaban los poderes mágicos trescientos años atrás. Las sobaba, como si al hacerlo pudiera invocar un *akelarre* en alguna cueva remota que la ayudase en la búsqueda de su portal. Quizá también abusaba de tocar el metal para tratar de olvidar el frío de la Parabellum que atravesaba la funda y le subía por el costado izquierdo.

«No tienes por qué usarla, tranquila». Podía sentir su rigidez. «Pero sí tienes que llevarla. No te va a pasar nada», le había dicho Eneko en el puerto de Santurtzi al despedirse días atrás. El cañón le estaba empezando a hacer mella. «Es solo para protegerte». Aunque hubiese comprobado varias veces que el seguro estaba accionado, siempre le volvía el mismo temor: si se tropezase y se le hubiera olvidado bloquearla, ¿podría dispararse sola? ¿Una bala accidental llegaría a atravesarle el corazón?

Malen miraba hacia ambos lados, en alerta ante cualquier señal, igual que si jugase al escondite. «Estate atenta, solamente eso», y Eneko la besó allí, frente a los botes que golpeaban el pantalán. Al recordar el roce de su barba de pocos días sobre su piel suave, algo similar a una ligera descarga eléctrica le recorrió la comisura de los labios hasta llegar al segundo aro que le mordía la oreja. «No estás fichada». Todavía podía escuchar su respiración fuerte, con ese aliento a cerveza con el que la aspiraba y dejaba vacía.

«Malen, eres *legal*», se recordaba a sí misma a cada paso. En cualquier momento podría leer CALLE VIRGEN DE LA MONJÍA en una de las placas azules de los cruces y empezar a sentir más suyo ese barrio de la Concepción. A fin de cuentas, aquellos edificios amarillos de cinco alturas eran muy parecidos al bloque de sus padres. La diferencia solo estaba en los nombres de las calles. Y en la luz.

La luz sí era muy diferente. El blanco de los coches aparcados refulgía. Echaba en falta unas gafas de sol que le ahorrasen tener que entrecerrar los ojos verdes. Al final iban a tener razón con el dichoso cielo de Madrid.

Aunque prefería el gris de Barakaldo.

Un silbido a su espalda.

No sabía si quedarse quieta o correr, igual que un jabalí espera a que el instinto lo oriente en su huida en el sotobosque, cuando comienza a oír los ladridos de los perros de caza.

Mantuvo el ritmo, como si no lo hubiera escuchado. «¡Que no me entere yo de que ese culito pasa hambre!». Un albañil al que se le caían los pantalones azules, con la llana en una mano, babeaba desde lo alto de un andamio.

Lo miró con asco, pero acabó sonriendo al ver que, junto a él, una placa deslumbraba: CALLE VIRGEN DE LA MONJÍA.

3

Vuestro abuelo Juan no responde al timbre. Habrá salido. Las llaves que sostengo seguramente no sirvan, porque mi padre las perdió más de una vez. Siempre me dicen que el llavero que las acompaña es feo y vulgar, pero me lo regaló él: un escudo del Real Madrid sobre un fondo blanco con ocho copas de Europa que lo rodean. Me recuerdan a los ángeles de Ribera alrededor de la Inmaculada Concepción. Aunque es hortera, me saca una sonrisa al sostenerlo entre las manos. Se lo debió de regalar algún cliente al poco de que ganáramos la octava Copa de Europa en el 2000. La de París. Parece mentira que hayan pasado tantos años. Abajo se puede leer un *Nadie tiene más* que lo dice todo: obsesionados continuamente con demostrar que somos los mejores. Siempre me quedará que a vosotros no conseguí traeros a mi lado; os tiró más el Barça.

El Cristo, que se alza desafiante sobre la mirilla con esa mano levantada, parece advertirme de que la cerradura es otra, pero la puerta se abre y cede bajo esas llaves. Igual prefirió no cambiar el bombín por si llegaba este día en el que el hijo pródigo regresase a casa.

Según atravieso el marco de la puerta, un olor a lejía salta sobre mis hombros como lo haría el pastor alemán que nunca me dejaron tener. Su asistenta (creo recordar que se llamaba Olenka) habrá limpiado ese mismo día. Seguro que el abuelo le pidió que se reservara la mañana en cuanto supo la fecha de mi billete para conseguir ofrecerme esta imagen impecable de orden y limpieza. ¡Cómo le importan las apariencias! Cuarenta euros muy bien invertidos. Todo impoluto.

Me quito los zapatos, con cuidado de no manchar el parqué brillante, y los dejo junto a la maleta en el recibidor, al lado del paragüero con forma de bota dorada en la que siempre tratabais de meter el pie cuando veníamos de visita. Es absurdo, pero la casa me parece mucho más grande. Ahora que nos hacen diseñar viviendas más pequeñas para encajar alguna venta más por planta, entrar en un piso antiguo es un descanso mental.

En el salón, las mismas fotos de siempre atrapadas en marcos de plata: la boda de mis padres en la iglesia de la calle Alcalá; vuestro abuelo enseñándome a montar en bici en el parque del Oeste; Marc, vas disfrazado de primera comunión; Pau, tú con sombrero de vaquero y en cada mano una pistola; en una de marco ovalado aparezco yo, con un peto a rayas, agarrado a la cuna.

Ya no hay fotos de mamá. Mi padre las debió de guardar en algún cajón tras nuestro divorcio, quizá disculpándose mientras lo hacía con un «Perdona, Laia, pero ya no procede tenerte aquí». Lo que sí hay es una foto nueva sobre la estantería de madera: es de mi madre. Es en la terraza de casa y se la debió de hacer el abuelo; esa sonrisa solo se la regalaba a él. Es una foto de medio cuerpo y lleva un vestido ligero estampado con flores rojas y hojas verdes, a juego con los geranios que cuelgan al fondo. Yo estaría en primero de BUP.

La puerta del ascensor se abre. Un perro ladra en el descansillo. Será de algún vecino. Pero unas llaves bailan en la cerradura. Es mi padre. El abuelo.

—¿Mateo? —le escucho, inseguro, junto a un par de ladridos agudos y unas patas que resbalan desesperadas sobre el parqué.

—¡Sí, ya he llegado! —grito desde el salón con una voz que me arranca desde la tripa, pero que se quiebra un poco al pasar por la garganta.

Por un momento, se me pasa por la cabeza que me he equivocado de piso cuando veo aparecer un cachorro de labrador blanco en el salón. Tira con ganas de una correa roja que desaparece tras la puerta. Me arrodillo para acariciarlo, como si ya nos conociéramos. Me chupetea el brazo cuando le paso la mano por la cabeza. Es precioso.

—Se llama Zuri —me dice el abuelo sonriendo.

—¿Y esto? ¡Estoy flipando!

No doy crédito a ese sueño cumplido tan a destiempo de tener un perro entre los brazos en esta casa. Mi regreso ha comenzado con una sorpresa inmejorable.

—¡Pues ya ves! Nunca es tarde para hacerme con un perro, ¿no? Leí que nos venía bien a los mayores que vivimos solos, ¡y estoy encantado!

—¿Por qué no me habías dicho nada?

—No te creas que no lo pensé, pero como ya me habías dicho que venías...

Se acerca a mí y me da un fuerte abrazo, que necesito. Tiene los ojos algo más saltones y quizá un poco menos de pelo, ahora gris, que ya no lleva repeinado hacia atrás. No lo veo mal.

—El viaje un poco largo, la verdad. Perdona que haya entrado sin que estuvieras.

—¡Pero si para eso tienes las llaves! Son tuyas —contesta. Le sonrío—. Estás igual, Mateo. Tienes cara de cansado.

—Habéis hecho obras en el portal, ¿no? —Es lo primero que se me ocurre.

—¿Por?

—Por la rampa. No la conocía.

—Ah, ¿no? Pues la hicieron hace uno o dos años. Para Dori, la del segundo. ¿Te acuerdas de ella?

—¿Esa era la que bajaba al supermercado con los rulos puestos?

—La misma —sonríe—. Estaba fatal la pobre, le costaba horrores moverse. No podía ni subir las escaleras. Se aprobó en junta la obra, pero casi no llegó ni a estrenarla.

—¿Por qué Zuri? —le pregunto.

—¡Ah! —Y me vuelve a dedicar esa sonrisa canalla—. Significa «blanco» en euskera.

—¿En euskera?

—Me sonaba mejor que *white* o *bianco* —me dice tosiendo un poco.

—¿Y desde cuándo te ha dado por el euskera?

No puedo parar de acariciar a Zuri mientras permito que me mordisquee la mano. Creo que me agradece que le deje desfogarse con esos pequeños bocados en los dedos que no hacen daño aún.

—¿Te da mucha guerra?

—¡Un poco! —dice sonriéndole—. Lo peor, lo de los cables del router. El mamón me ha dejado sin conexión más de un día. ¡El tío los arranca! ¿Tienes hambre? ¿Te preparo algo? —pregunta tratando de disimular una tos que le asalta sin aviso.

—¿Y esa tos, papá?

—No es nada. Me dijo la de cabecera que hiciera unos vahos. ¡Que si te preparo algo!

—Vale, lo que haya.

—No, lo que haya no. ¿Qué quieres comer?

En el salón, nos tomamos unas patatas con carne, un poco saladas, que mi padre habría visto hacer cientos de veces cuando entraba a la cocina desde la barra de La Valencita. Saboreo cada trozo mientras me habla de la importancia de elegir bien el corte de la ternera. «Babilla, morcillo, falda y aguja», me repite como un mantra mientras yo dejo limpio el plato de Duralex con el poco pan que queda sobre el mantel de rayas blancas y azules, que me recuerda a los chiringuitos de Fuengirola.

Cuando calla, trato de mantener viva la conversación, pero me cuesta. Tengo en mente contarle la idea de la novela que estoy esbozando, que no he podido pagar un solo alquiler más en Barcelona o que me han echado del último estudio de arquitectura sin indemnización porque quebraron. Pero creo que no va a hacer por entenderlo o que me cambiará de tema en cuanto lo oiga, así que voy a lo fácil, a las posibilidades que tiene el Madrid de ganar la liga.

Tampoco da para mucho.

Como si se tratara de un cinturón de seguridad, estiro aquella conversación con cuidado todo lo que puedo, pero, cada vez que la alargo un poco, salta algo que me retiene. Ni siquiera le digo que ya he contactado con algunos estudios de arquitectura de por aquí y que procuraré darle la lata muy poco tiempo.

Miro la televisión apagada igual que si se tratara de un bote salvavidas, pero decirle que la encienda sería hacer aún más evidente ese silencio que a ratos parecemos querer guardar para no despertar al pequeño Zuri, que ya duerme sin preocupaciones sobre una pequeña colchoneta gris a los pies del sofá rojo. ¿Cuánto tardará en cambiarla por el sofá?

—¿Sabes que estoy aprendiendo a tocar el saxofón, como hiciste tú? —me dice.

—¿Cómo?

Y me lo imagino como Louis Armstrong con los mofletes hinchados. ¡Mi padre tocando un instrumento! Se hace con el perro que nunca pude tener y también se ha apuntado a clases de saxo.

—Sí, el saxo. Me da clases un profesor cubano. Muy majete. Se llama Rolando.

—¿Y dónde vas? ¿También a la academia Allegro, como yo? —pregunto molesto.

—¿A la que ibas de la avenida Donostiarra? No, ya no existe. Por aquí cerca. Por el parque del Calero.

Me da toda la información, como si tuviera que excusarse. Aunque imagino que mi cara no le ha ayudado.

—¿Y cómo te ha dado por eso?

—Siempre quise tocar un instrumento.

Con la excusa del cansancio del viaje, voy preparando la escapada a mi habitación, aunque antes no puedo negarle un café con leche que me prepara con agilidad intacta. En el rato en el que yo únicamente habría sido capaz de llevar la taza a la mesa, él ha podido prepararme incluso espuma en la leche y espolvorear un poco de cacao por encima. La mano le tiembla un poco al servírmelo, pero parece darse cuenta de que se la estoy mirando y la retira rápido, de la misma manera que un trilero del Retiro.

En mi habitación todo sigue como siempre: el escritorio de pino que el abuelo encargó a un ebanista de la calle Azcona que llevaba tres dientes de oro; la colección de todos mis libros de El Barco de Vapor, que sí me daban ganas de leer, junto a los de Alfaguara, prestados y ya usados, que me negaba a abrir (con el tiempo corregí mi error); y el póster de *Manhattan*, de Woody Allen, la película favorita de mi madre, que un día encontraron en la papelería de El Corte Inglés y que decidieron colgar en mi habitación en lugar de hacerlo en la suya. Igual al niño soso que no sabía qué hacer con su vida le entraban ganas de estudiar una ingeniería a base de ver ese puente en blanco y negro (que creía el de Brooklyn, pero que resultó ser el de Queensboro, como bien descubrí allí mismo, años después, junto a Laia). Igual, a base de que lo primero que vieran mis ojos cada mañana fuera esa fotografía del puente de Brooklyn, a mi cabeza le daba por querer diseñar estribos y tableros. Lo mejor es que nunca les dije que lo que más me llamaba la atención de ese póster no era el puente en sí, sino la pareja que salía sentada en un banco frente a él. ¿Qué se dirían? ¿Cuál sería su historia? ¿Por qué estaban ahí?

Me siento, me descalzo y hago aquello en lo que tanto pensaba cuando iba encogido en el autobús: estirar las piernas sin una fila de asientos delante y apoyar los pies sobre el escritorio de pino para mirar por la ventana. Nada más. ¿Cuántas horas habré echado en esta mesa así, pareciendo el sheriff de una pequeña ciudad de Dakota o de Connecticut?

Como buen sheriff, me fijo en que el marco de aluminio de la ventana ya no es el gris áspero que recordaba. Ahora es de un blanco satinado, diría que idéntico al de la última promoción que vendimos en Sant Adrià del Besòs. Hasta ese marco llegó la ola de cambios en la que nos vimos envueltos aquel día.

Desde la ventana busco otro gris: el de la farola. La recuerdo con flores atadas que se iban secando a la misma velocidad que la memoria del barrio. Ahí sigue, aunque las ramas del árbol no me dejan verla bien.

Frente a la farola, el local donde estaba La Valencita. Aún sobreviven los toldos rojos, tan descoloridos que ahora parecen rosas.

4

La despertó el chirrido de una silla que estaban arrastrando en el piso de arriba. Se había quedado dormida en el sofá morado de aquel pequeño salón después de una primera noche sin pegar ojo. Cada crujido en la escalera o cada coche que pasaba por la calle de madrugada la habían alterado. Pero, por una vez, el estómago lleno la había ayudado a superar su negativa a la siesta: normalmente odiaba esa cabeza abotargada con la que le tocaba encarar el resto de la tarde al despertarse.

En esos momentos de sopor, le parecía imposible levantarse para recoger las migas de pan o llevar los platos al fregadero, pero tenía que hacerlo: no soportaba ver el tomate de los espaguetis bien pegado a la sartén, que la desafiaba desde uno de los fuegos. Cuanto más tarde comenzase, más tiempo tendría que luchar contra las manchas de grasa.

Por la ventana de la cocina resonó la bajante del patio interior mustio y húmedo lleno de camisas blancas y faldas grises que colgaban de las cuerdas y que daban a aquel edificio aspecto de convento o presidio. Alguna de aquellas monjas o reclusas o reclusas convertidas a monjas había descargado la cisterna. Igual era Sagrario, como decía el buzón que se llamaba la vecina de arriba. Habría aprovechado la pausa de la telenovela para levantarse de la silla e ir al baño a tratar de controlar su incontinencia.

¡Lo que tardaba en salir el agua caliente en esa casa! Mucho más que en el tercer piso de sus padres en Barakaldo. Aunque era su *ama* la que podría decirle con precisión cuántos segundos de más empleaba ese grifo. ¡Siempre comparándose con las vecinas de arriba y sacando punta incluso al agua que tenían que dejar correr (y pagar) hasta que salía caliente!

Cuando terminó de secar los cacharros, colgó el trapo rosa en la cuerda del tendedero que salía de la ventana, alegrando algo la decoración del patio interior, en el que se mezclaban olores a suavizante y a coliflor cocida.

Se acercó al dormitorio y se encendió un Chesterfield. Quería abrir la ventana y fumar asomada a la calle, pero no debía hacerlo: cuanto más desapercibida pasara, mejor. Se aguantó, apoyó la espalda sobre las cortinas y sintió el cosquilleo del humo del tabaco en sus pulmones, al son de los arrullos de las dos palomas color tubo de escape que permanecían ancladas al alféizar. Le recordaban a las trompetas de aquellos negros con camisas de colores que visitaban Getxo al inicio del verano para el festival de jazz. A la más gorda con cuello cervantino la llamó Kai, y a la del cuello verdoso, Harri. A fin de cuentas, eran grises y sosas como un muelle y una piedra, y así las había apodado.

Entornaba los ojos y, entre calada y calada, creía ver la calle Arrontegi que desdibujaba a Virgen de los Reyes. O la calle Elcano. La Herriko Plaza. O Arrandi.

Arrandi.

Calle que sonaba a violín.

Arrandi.

A dulzaina.

A-rran-di.

Arrandi, 27. El bar de Jokin. El borde de Jokin. Con la barba negra espesa y descuidada y sus noventa kilos, a juego con la camiseta que tuviera menos lamparones de grasa ese día, la de Kortatu o Eskorbuto.

Allí se había lanzado a hablar con Eneko por primera vez. El tío más guapo que había visto en todo Euskadi. Aunque el matiz de sus ojos marrones pudiera pasar desapercibido a un público vulgar, que no sabe de tonalidades. O aunque su melena oscura se confundiera con la de cualquier otro *abertzale*.

Se conocían de vista desde pequeños, pero no se saludaban. Barakaldo no era Brooklyn, pero resultaba lo suficientemente grande como para no tener que andar saludando a todo el que te cruzabas por la calle.

A ella también la habían hecho creerse guapa. En el instituto no había mañana en la que no le llegaran notitas dobladas de Irati, ya desde primera hora, en clase de Mates, con los comentarios que iba escuchando de sus pretendientes. Una lista que aumentaba a lo largo del día, con más fuerza que la cerveza que Jokin tiraba en el grifo de su bar. A última hora, en Biología, la lista daba ya la vuelta al papel.

—Vienes mucho por aquí, ¿no? —se lanzó a decirle a Eneko mientras Jokin servía cerveza.

—Y tú —sonrió él con unos dientes perfectos.

—Donde me traen estas —añadió señalando a Irati y Ane, que no les quitaban ojo.

—Eneko —se presentó tendiéndole una de las cañas de cerveza que aún no tenían dueño.

Jokin asintió con entusiasmo.

—*Eskerrik asko!* Malen —le devolvió la sonrisa levantando el vaso.

Como siempre que sonaba «Sarri, sarri» por los altavoces del bar de Jokin, parecía que el bar se venía arriba. Era una canción muy alegre de Kortatu que celebraba la fuga de la prisión de Martutene de dos presos de ETA, que aprovecharon un concierto que dio en dicha prisión el cantante Imanol Larzabal para esconderse en los altavoces y escapar.

Ez dakit zer pasatzen den azken aldi hontan
Jendea hasi dela dantzatzen sarritan
Zerbait ikustekoa du bi falta direlakoz
*Rekuento generalean.**

Un claxon fuerte atravesó las cortinas.

Había jaleo en la calle.

Kai y Harri comenzaron a moverse sobre el alféizar.

Echar rápido la mano a su costado se estaba convirtiendo en un acto reflejo cotidiano, pero la pistola descansaba en la mesa baja. La cogió y se acercó a la ventana. No podía continuar con esa tensión. Un Ibiza gris, en doble fila, cerraba el paso a un autobús. Solo era eso. Un hombre achaparrado y con bigote hacía gestos con los brazos desde la ventana de enfrente. «¡Todas las tardes igual, joder! —gritaba—. ¿Es que no nos libramos ni una sola tarde de este concierto?». «¡Si lo único que se puede hacer es llamar a la policía!», decía una vecina por encima de su ventana a la que no podía ver. ¿Sería sor Sagrario? «¿Llamo? ¿Llamo? ¿O llamas tú, Ernesto?».

«¡Pero qué prisa tenía todo el mundo por llamar a la policía!», pensó mientras manoseaba el cañón de la Parabellum.

* «No sé qué está pasando últimamente. / La gente ha empezado a bailar a menudo. / Tiene algo que ver porque faltan dos / en la cuenta general».

5

He aprovechado que el abuelo se ha ido a su clase de saxo para bajar a dar una vuelta y comprar el pan en el súper, porque ya no existe El Horno de Madrid. Seguro que os hace gracia ese nombre. Cuando mis vecinos me decían que compraban el pan en El Horno de Madrid, imaginaba un sitio gigante, lejos de casa, con chimeneas enormes soltando humo sin parar y hornos con puertas rojas de garaje, como las de los parques de bomberos. ¡Hacer el pan para toda la ciudad de Madrid! Una fábrica de chocolate de Willy Wonka, pero con harina en lugar de cacao. Tendría que oler a pan recién hecho a kilómetros a la redonda. Pero, en realidad, pese al nombre ostentoso, no pasaba de una panadería mediana de un barrio cualquiera.

En la plaza de Platón, a la vuelta de casa, me encuentro aparcado su Renault 21. Gris. Impoluto. No sé cómo lo hace, pero los cristales relucen. Sin hojas encima. Debe de pasarle alguna toallita y quitarle a diario la publicidad que le enganchan bajo el limpiaparabrisas. Si no, sería imposible tenerlo así. ¿Seguirá llevándolo al lavadero? Cuando era pequeño, todos los domingos a las cuatro en punto bajábamos al garaje a lavarlo. A esa hora no había ningún vecino. Cocido de mi madre y bajar a limpiar el coche, cuando a mí lo que me apetecía era meterme en la habitación a jugar con los Playmobil. Pero tocaba manguerazo, que al menos era divertido, pasar el cepillo con jabón, otra vez manguerazo y la aburridísima tarea de secar los cristales con papel de cocina para que no quedaran manchas de gotas de agua. Vosotros os habéis librado de que yo no sea tan meticuloso con mis cosas, aunque lo de la manguera tenía su gracia.

Ya no lo conduce nunca, pero ni se me ocurre insinuarle que lo venda. Él se agarra a lo material casi tanto como yo, que no tiro ni una de las camisetas que llevábamos en gimnasia en los Maristas: si tocaba estar en la clase A, camiseta azul; en la B, verde; en la C, roja; en la D, amarilla. Supongo que todas ellas seguirán en el altillo. No sé para qué.

Monté poco en el Renault 21 porque nuestro coche fue el Renault 11. Ese sí. También gris. También insípido. Soso. Callado. Con las mismas bolitas de madera que lucen ahora en este respaldo. Debe de ser horroroso sentarse ahí, aunque decía que daba masajes en la espalda. A él también le tenía que molestar. Seguro. Pero no lo reconocía. Él nunca se equivocaba. Antes sufrir esas punzadas en la espalda que tirarlo a la basura.

De fondo, me parece escuchar todavía la Pioneer resonando a metálico en el interior. Canciones de Mocedades y de Juan Pardo que siempre ponía en los viajes a La Puebla de Almoradiel. ¡Tan aburridas! Eso a la larga tiene que influir en un niño. ¡Ya le podía haber dado por el jazz antes! No es lo mismo que unos padres pongan a sus hijos a los Rolling a que les enchufen a Mocedades. No pueden salir igual. Esas letras, esos ritmos, tienen que ir moldeando su carácter. Llegábamos a La Puebla y yo me bajaba tarareando: «Eres tú, como el agua de mi fuente, eres tú, el fuego de mi hogar» y me encontraba frente al primo Emilio José, con su melena de rizos y su cazadora de cuero, que me daba dos besos y enseguida ejercía de primo mayor. Me llevaba a su habitación decorada con pósters de Barón Rojo y sacaba discos con portadas llenas de puños y calaveras de fuego. Yo fingía que lo escuchaba, meneando la cabeza de vez en cuando, como hacen los caballos, pero, en realidad, estaba revisando de reojo sus estanterías en busca de algún click huérfano de Playmobil que estuviera deseando subirse a mi bolsillo para vivir mejores aventuras fuera de ese ambiente tan hostil.

Me apetece entrar en el Renault 21. Un coche de los de antes. De los que se abrían con llave. Con un llavero de la marca, como ese rombo vertical que tiene Renault tan perfilado. Ese diamante que te creías haber comprado y que los padres del barrio lucían orgullosos colgando de sus bolsillos. Nada que ver con el último coche que mamá y yo nos compramos en Barcelona, sin llave ni llavero. Basta con acercarse, poner la mano sobre el tirador, y *voilà*: se abre solo.

Aunque a él esas cosas nuevas no le gustan. No se fía. Así nos pueden tener más controlados y, un día, algún político puede dar la orden de una inhibición general de ondas en el país entero para que ningún coche se abra al poner la mano encima. ¡Sería tan fácil apresarnos así a todos! Y él, en ese Renault 21, podría escaparse lejos con su depósito siempre lleno de gasolina. Pero ¿a dónde? ¡Cómo iría a escaparse el mayor cumplidor de las buenas normas de convivencia, que no acelera ni por asomo cuando un semáforo se pone en ámbar!

Su plan perfecto de huida, con el coche reluciente y el depósito lleno, no pasaría por la Ruta 66, sino por la nacional cuatro rumbo a La Puebla. Y allí estaría a salvo, porque en La Puebla de Almoradiel no hay nada. Solo calles inhóspitas con puertas de madera enormes de las que cuelgan manos amputadas. La Puebla es el vacío. Con esos inviernos de tiendas cerradas, con la única esperanza de la barra desnuda del bar de la Gregoria sin botellines ni tazas, solo vestida con la voz de Ana Blanco en el telediario.

¿A quién le iban a interesar los supervivientes que quedaran en La Puebla?

En la ventanilla trasera izquierda, justo donde apoyaba la cabeza en el Renault 11 mientras me inventaba historias, un cartel pegado ocupa casi todo el cristal.

Se vende. Perfecto estado. En colores azules, con su letra mayúscula de boli BIC. Firme pero temblorosa.

6

En la acera, antes de entrar en la cafetería de toldos rojos, palpó la rigidez del cañón junto a sus costillas. Por mucho que la encorsetase, le daba seguridad frente a ese territorio virgen donde algún peligro agazapado podría estar ya esperándola.

Una mezcla de olores a patatas con carne estofada y a calamares fritos le dieron la bienvenida. El estómago se le cerró de inmediato. Estaba acostumbrada a aromas más suaves a esas horas, como el del café y las tostadas recién hechas en la sartén que su *aita* tomaba antes de salir hacia la fábrica. En los laterales, cuadros con fotos en blanco y negro de un Madrid de otra época: un pastor con un grupo de quince o veinte cabras frente a la Puerta de Alcalá; una vendedora de pavos en la plaza Mayor, con un pañuelo cubriéndole la cabeza y una vara larga en la mano con la que tener controlada a la pavada y, a su vez, a los lobos con boina y pantalones de pana que parecen acecharla.

La misión daba la impresión de ser sencilla: tomar asiento y limitarse a observar. Nada más. Como quien espera en el muelle, con las piernas colgando, algún movimiento del sedal. Si una mañana tenía suerte, pronto podría picar el juez. O el escolta. Y el trabajo habría acabado por aquel día. Lo único que tenía que hacer era recordar. Recordar con precisión cada hora y minuto desde el otro lado del cristal que daba a la calle. Aprenderse si el chófer aparcaba siempre frente al portal del juez o no. Vigilar cada mirada diferente. Retener cada conversación entre ellos. Captar sus rutinas, interiorizarlas. Ya en el piso franco tendría tiempo para anotar todo en la libreta, recostada en el sillón de piel de ese salón, por llamar de alguna manera al cuarto pequeño entre la cocina y el dormitorio.

Un camarero de pelo negro repeinado hacia atrás se dirigió hacia ella con determinación.

—¿Me puede poner un café con churros y un vaso de agua? —pidió Malen.

Apenas tuvo que esperar. El ruido del vaporizador llenando la jarra de leche tapó las pocas voces que sonaban en el local. Como si fuera un búho, el camarero mantenía la cabeza girada hacia la barra saciando su curiosidad, con una bayeta amarilla en equilibrio sobre el hombro. Quizá se estaba imaginando que ella, con esa piel blanca que tanto contrastaba con la melena morena y lisa, se pasaba el día encerrada estudiando unas oposiciones. No le podía dar mucho el sol. O igual era la moza de algún almacén de los de Virgen de África que verificaba albaranes de botes de pintura paseando entre estanterías altísimas.

El camarero tenía la mandíbula muy marcada y los ojos muy abiertos. Más que un servidor de cafés tras la barra parecía un perro guardián detrás del cercado de un rebaño de ovejas.

—¿Tienen algún periódico? —se animó a solicitarle. El camarero señaló un montón junto a la caja registradora, pero la miraba a ella como si quisiera adentrarse aún más en sus ojos. Podrían pasar por una gata negra y un perro mastín empezando a conversar en una fábula de Esopo. «Fíate de mí, perro, que no todas las gatas somos malas».

Malen se aferró a las hojas de *El Mundo*. Era sencillo hacer que leía y dedicarse a escuchar, aunque se lo dificultase la voz de Iñaki Gabilondo que salía de la cocina o la melodía insistente de la tragaperras que intentaba atrapar cualquier moneda que pasara cercana.

—Juanito, ¿no me vas a decir nada o qué? —Escuchó a un barrendero al otro extremo de la barra. Juan. El perro guardián se llamaba Juan.

—Estaba siendo respetuoso —le dijo mientras sacaba tazas de un lavavajillas que echaba humo y que le recordaba al vapor de las alcantarillas neoyorquinas que salían en las películas.

—¡Pues puedes decirlo, que cuando os zumben en Champions yo no me voy a cortar!

—Ya, ya, pero no es lo mismo que te gane el Bayern en la Copa de Europa a que te gane el Valladolid.

Malen se fue a las páginas de deportes y vio que era el Atlético el que había perdido en Valladolid. Cuando levantó la vista del periódico, sorprendió al perro guardián mirándola otra vez. Parecía más preocupado por observarla que por conversar con el barrendero.

—Así que, por esto, me tendrás que cobrar un euro con treinta céntimos. ¡Vaya sindiós va a ser! —contestó el barrendero mirando el tíquet.

—¡Eso es! Ya verás hasta que me acostumbre con las vueltas.

La desconcertaba aquel tipo que parecía tener dos cabezas: la cortés, de camarero que no quería vacilar a un barrendero, y la de centinela, en el puesto de vigía que tenía detrás de esa barricada de tazas de café, churros y periódicos.

Sí, la desconcertaba, pero, al mismo tiempo, tampoco había podido dejar de mirarlo ni de recordarlo ahora que salía de la cafetería y creía seguir sintiendo su mirada sobre la nuca.

7

Ver el coche del abuelo en venta me ha dejado mal cuerpo. Aunque os pueda sonar exagerado, que se le pase por la cabeza deshacerse del Renault 21 me tiene un poco aturdido. Incluso desolado. Ha tenido coche toda su vida, aunque solo fuera para rendirle pleitesía y dedicar su tiempo a sacarle brillo. Es como si un día me vierais a mí vendiendo la colección de libros de Tintín, que es de lo poco que llevo de una casa a otra en cajas de mudanza. Estaría dejando un poco de ser vuestro padre para empezar a convertirme en un tipo hueco.

De vuelta, frente a la puerta de su casa, cara a cara con ese Cristo que parece proteger la entrada, suena mi teléfono. Hace mucho tiempo que no recibo llamadas por la mañana. Vosotros no me llamáis nunca, menos por la mañana. Soy yo el que lo hace, y suelo hacerlo de noche. Con la barra de pan en la mano, como un niño perdido que sujeta como puede la cuerda de un globo, noto cómo el teléfono sigue vibrando y resonando en ese descansillo oscuro.

No conozco el número. No tengo ganas de cogerlo, pero acabo deslizando el botón verde de la pantalla. Al otro lado, una mujer pregunta por mí. No tiene la voz autómata de una teleoperadora que quiera venderme una nueva tarifa de móvil. La encuentro tensa.

Y al sentirla así, me quedo paralizado, igual que cuando el Prieto pronunciaba nuestros nombres en clase para que saliéramos de uno en uno a la pizarra a sumar fracciones y yo no me las había estudiado aún, y solo quería que los labios que escondían esos dientes amarillos no dijeran: «Mateo Barros, a la pizarra». ¿Y si fuera una mujer de la secretaría de vuestro colegio y estuviera tensa porque os hubiera pasado algo? Pau, de pronto, me vienes a la cabeza, atropellado por un Seat León negro que pasaba muy rápido junto a la entrada. Marc, te ha dado un paro cardiaco en pleno partido de balonmano. «Lo sentimos muchísimo, Mateo. Los médicos no han podido hacer nada por salvarle».

Siento frío. Bajo la puerta del ascensor, un viento gélido blanco va formando una capa de escarcha por el descansillo.

—¿Mateo Barros? ¿Me escucha? —Se inquieta ante mi silencio—. Le llamo de Marta González, Arquitectos. Es en relación con el currículum que nos ha hecho llegar.

Todo el aire que aguantaba en los pulmones se va liberando. La cuerda del globo que sostenía acaba deslizándose entre mis dedos y va cogiendo altura.

Sonrío. No os ha pasado nada.

Tengo ganas de reírme en alto, por mucho que ella pueda oírme al otro lado del teléfono. De gritarle de alegría que no la conozco, pero que acaba de hacerme el hombre más feliz del mundo.

Marta González, Arquitectos.

Me dan ganas de preguntarle si ella es la propia Marta.

—Nos ha gustado mucho su currículum, Mateo.

«Y a mí me gusta tu voz», se me pasa por la cabeza decirle, aunque soy formal y le contesto un simple: «Muchas gracias».

—Nos encantaría concertar una entrevista para poder conocerle un poco más.

Noto que tiene que ser fumadora. Poco. Pero lo justo para hablar en tono de sol en vez de en la. Para algo me sirvieron las clases de solfeo en la academia de la avenida Donostiarra. Cuando nos conocimos, vuestra madre también tenía una voz similar, en sol. Y siempre se prometía dejar de fumar en cada embarazo. «No me apetece una mierda ir a tu entrevista, Marta, pero sí me apetece conocerte», le diría. Hablar contigo, invitarte a comer para darte las gracias. Igual te ha gustado leer que pasé tres meses en J Frankl Architects, en Brooklyn, pero no sabes que apenas hacía cafés y fotocopiaba planos en esa beca fantasma. También crees que vengo inspirado por el mismísimo Gaudí por el hecho de tener experiencia en Barcelona. Pero no sabes que en mi currículum omito que estaba trabajando en una de las promociones próximas al hundimiento del Carmel. Y no vimos venir esa maldita falla.

—¿Mateo? —vuelve a reclamarme.

—Sí, claro que sí. Por supuesto que puedo acudir a una entrevista.

Pero mi mente va muy por delante de la conversación y ya está decidiendo el vestuario para la cita. Me pondré la camisa negra y los pantalones grises. Tal vez es el momento de comprarme unas gafas oscuras de pasta sin graduar y darme ese toque hípster que tanto gusta en este mundillo.

—¿Le viene bien este jueves?

—Perfecto.

Sigo pensando en el rollo del arquitecto artista, cuando todo se reduce a hormigón y ladrillos. El absurdo mito del escultor de edificios, cuando todo viene en prontuarios.

El hombre que dejaba pasar la luz. Y a más luz, más cristales, peor conductividad térmica y peor aislamiento.

Y más gasto.

Presupuestos que acaban siendo inviables.

Obras disparatadas.

Promotores arruinados.

Hipotecas por las nubes.

Pero Marta me ha hecho tremendamente feliz esta mañana por el simple hecho de que no os haya pasado nada. Solo quiere ofrecerme un trabajo. Mal pagado, seguro. Lo justo para sobrevivir un tiempo con mi padre y poder ahorrar algo.

La pasta me da un poco igual, lo importante es que vosotros estáis bien, y yo solo quiero ir a darle un abrazo para agradecérselo.

8

Saludó con la mirada al pastor de cabras y a la vendedora de pavos que la vigilaban desde las paredes de la cafetería. Empezaba a reconocer su nuevo entorno. Pronto dejaría de ser una clienta de paso para convertirse en una de las habituales a esas horas de la mañana, aunque para ello tuviera que pagar cierto peaje al camarero, con el que tendría que hacer por llevarse bien.

—¿Café con churros y vaso de agua? —le sugirió nada más verla.

—¿Te acuerdas? —le sonrió mientras alargaba el brazo hacia el único periódico que quedaba en la barra.

—Es mi obligación, ¿no? Qué menos que aprenderme lo que sueles tomar.

—¡Si solo he venido dos veces!

—Con esta, tres.

Volvió a sonreírle lo justo para mostrarle los dientes, blancos y alineados, por los que tanto dolor había pasado en las visitas a aquel dentista sádico de Indautxu junto a su *ama*. «Tenemos que apretar un poco más los alambres del arco superior», le decía aquel torturador disfrazado de ortodoncista, que siempre quería una vuelta de tuerca adicional. Se ponía mala al pensar en lo que podrían llegar a hacerle los *txakurras* si la retuvieran en una comisaría. ¿Algún odontólogo echaría horas extra en un cuartel cuando saliera de la clínica?

—¿Hasta qué hora trabajas en la cafetería? —preguntó, de nuevo convertida en la gata negra de Esopo.

—A las cinco vienen a darme el relevo.

—Muchas horas, ¿no?

—Bueno, se pasan volando. ¿Tú trabajas? ¿Estudias?

—De todo un poco.

Movió su cola negra y saltó del taburete de la barra a la tragaperras, que la reclamaba con su melodía. No le iba a dar pistas aún sobre si echaba horas estudiando el Código Civil o si tiraba los días por la borda revisando albaranes de botes de acrílicos en un almacén.

—¿Por aquí cerca?

—Sí, por la zona.

—¿Entonces vives por el barrio?

—Bueno, podría decirse.

Malen volvió a hacer como que se perdía entre las páginas de *El Mundo*, intentando evitar que aquel perro guardián la sometiese a una batería indiscriminada de preguntas. Era difícil aguantar los embistes de aquel camarero sin que consiguiera sacarle nada, pero, de momento, lo estaba logrando. Aún no le había dicho si trabajaba o estudiaba. Ni dónde vivía. Solo parecía tenerle absorto con los trasquilones de su melena morena y lisa, por lo mucho que se la miraba. Y, quizá, también le gustaba su voz medio dulce medio rasgada, por aquella forma en que suavizaba las cejas cada vez que ella le hablaba.

—¿Van a bajar los impuestos o qué? —El cabrón se había fijado en que estaba leyendo las páginas de la sección nacional.

Debió de notar que no avanzaba en sus indagaciones porque cambió de estrategia para dar el primer paso.

—Me llamo Juan —dijo. Y le tendió la mano—. ¿Y tú?

—Blanca, me llamo Blanca.

Ese apretón de manos la había descolocado.

Blanca. Sin más.

Igual que podría haber dicho Nieves, por lo pálida que se había quedado. ¿De dónde coño le habría salido decirle que se llamaba Blanca? No contaba con una presentación a esas alturas. ¿Por qué no había dicho Lucía, como ponía en la documentación?

Manejar ahora otro nombre nuevo no lo llevaba escrito en su guion.

9

El abuelo no ha vuelto aún de su clase de saxo. «Llegaré para comer, que a veces Rolando me propone unas cañas después de clase». Hace tan bueno que no descarto que incluso llegue más tarde.

Yo no puedo parar de darle vueltas a lo del coche. Aunque no hayamos tenido muchas conversaciones, es algo importante como para sacar en una llamada o en una cena: «Mira, hijo, estoy pensando en vender el coche. Total, ya no lo uso para nada. Y entre el seguro a terceros, el impuesto de circulación...». ¡Qué sé yo! ¡Joder, yo os lo diría!

Me he puesto a indagar por la casa entre sus papeles para ver si encuentro alguna carta del banco con una deuda que pueda tener y no me haya contado. Me faltan los guantes de látex para parecer un buen espía de la CIA, de los que salen en las series. Yo sería Matthew Mud.

He revisado los cajones de los armarios, los papeles amontonados por la estantería, los muebles de la cocina. Todo en orden en los pocos extractos del Santander que he visto para ser la vulgar cuenta corriente de un camarero ya jubilado. Nada grave como para tener que vender el coche.

Pero al igual que cada cierto tiempo el deshielo saca a la luz una cría de mamut, en el mueble bar del salón me parece ver, casi por error, una caja de latón detrás de unas botellas de

Ballantine's y Chivas. Asoma con timidez, como si estuviera arrepintiéndose de quedar a la vista, como si quisiera continuar escondida, fuera de mi alcance.

La puerta del mueble bar se abría muy pocas veces en el año. Mi padre guardaba la llave en el cajón del aparador de la entrada, como si tuviera miedo de que yo, que detestaba la dureza del alcohol, fuera a darme un homenaje y acabase pillando un coma etílico una tarde que estuviera solo en casa. Una de las pocas veces que se abría era cuando Severiano, el del quinto, bajaba a hacerle la declaración de la renta a mi padre. Vuestro abuelo cerraba las puertas del salón y, desde el otro lado, yo oía cómo los hielos chocaban contra el cristal de las copas de balón que había sacado y que después cargaba con su mejor whisky escocés. Al cabo de dos horas, las puertas del salón se volvían a abrir, como si fueran las de la Capilla Sixtina, y mi padre salía exultante y feliz, pero no para anunciar al mundo el nombre de un nuevo papa, sino para gritar la pasta que había conseguido ahorrarse ante Hacienda: «¡Trescientas mil pesetas!».

Aparto las botellas y saco con cuidado la caja de latón, como si al hacerlo pudiera romperse algún hueso de la cría de mamut.

Pesa.

La caja es amarilla con ribetes marrones. MANUEL NAVARRO se puede leer en la tapa. EXPORTACIÓN DE AZAFRANES. NOVELDA. ESPAÑA. Un poco oxidada, pero con una elegancia que se me hace muy lejana.

Me tiembla la mano. Pero, más que por el propio peso, lo hace ante el desconcierto por la pata de mamut que podría contener.

Al inclinarla un poco, algo se desliza por el interior y choca con violencia contra los laterales, como los hielos en la copa de balón. ¿Qué diablos guarda este viejo?

Apoyo la caja en la mesa de la cocina y no consigo abrirla de primeras. La tapa está un poco atascada, pero, haciendo un poco de palanca con una cuchara, la abro y me echo hacia atrás: un pedazo de tela blanca envuelve algo.

Sostengo lo que sea que cubre la tela con la mano izquierda.

Pesa mucho.

Con la derecha comienzo a desenrollar las tiras blancas del tejido, que me recuerdan a vendas unidas con esparadrapo.

Las voy retirando, como el arqueólogo que comienza a desnudar a una momia.

Y, cuando la veo, dejo de parpadear.

No, eso no entraba en mis planes.

Sobre mi mano, una pistola.

Como las de las películas, pero real.

Por un instante, quiero tirarla al suelo y salir de allí corriendo. No saber nada más. Como cuando vi una jeringuilla usada a los pies de un banco del jardín y mi infancia se alejó como una locomotora.

Pero no puedo dejar de mirarla.

Brilla lustrosa sobre mi mano izquierda, que empieza a olerme igual que cuando contaba las pesetas que tenía en la hucha de Snoopy. Parece que me desafía, tirándome del brazo hacia el suelo.

¿Estará cargada?

No sé abrirla.

Tampoco querría hacerlo.

Mi padre no podía haber usado esa arma.

¿Quizá él era el auténtico sheriff de Dakota o de Connecticut y no yo?

Espiar a mi propio padre. O querer expiarle.

No os imagino corriendo por esta casa y que hubiera un arma guardada en el salón. ¿Y si os hubiera dado por cogerla?

Me están entrando unas ganas enormes de agarrarle por el cuello en cuanto regrese de su clase y empujarle contra la pared para que me cuente cómo ha podido meter una pistola en casa.

¿Y si se os hubiera disparado por accidente? ¡Pero cómo ha podido tener esto escondido aquí!

Como si tuviera vida propia, mi mano sale descontrolada hacia la pared y descarga un derechazo contra el gotelé del pasillo. Se me escapa un gemido de dolor y de rabia al mismo tiempo.

Unos hilillos de sangre me brotan de los nudillos.

Pero el hombro se ha llevado la peor parte. Me duele a rabiar del golpe.

10

Podría haber sido un portazo. O un barril de cerveza que un repartidor hubiese dejado caer desde la furgoneta a la acera. Pero ese golpe la había revuelto. El «¡pum!» había entrado directamente por la ventana de la cocina, desde el patio interior donde colgaban las sábanas blancas impolutas de las viejas hasta el sofá morado donde ahora se encontraba sentada.

No sería nada. Volvió a lo suyo. Abrazó uno de los cojines como si se tratara de un gato siamés que le hiciera compañía en el piso y siguió leyendo en su libreta los detalles del primer gran avistamiento de esa mañana: «A las 08:24, el escolta del juez entra a la cafetería La Valencita y pide un café. Abona la consumición en el momento. Habla con Juan, el camarero, echa un vistazo al *Marca* y compra un paquete de tabaco Winston de la máquina expendedora. A las 08:46, sale de la cafetería presumiblemente para ir a recoger al juez, porque cruza la calle y se dirige al edificio de enfrente».

Pero ¿y si venían a por ella? ¿Y si ese «¡pum!» era de los GEO echando una puerta abajo? ¿Se habrían equivocado de piso por un mal soplo? Malen echó mano de la pistola en la parte baja de la mesa como quien se aferra a su caja de ansiolíticos. Seguro que no era nada. Además, ya pronto podría entregar toda la información y finalizar su primera misión dentro de ese *talde* en el que se consideraba una más, por mucho que no conociera al resto de los integrantes y únicamente fuera una mera informadora de boli BIC y papel.

Se levantó y comenzó a andar por el salón diminuto. Desde el bodegón de la pared, con esas uvas tristes colgando de un cuenco de cerámica y la liebre sin vida de ojos abiertos, hasta la puerta. Media vuelta y recorrido a la inversa, pisando suave para no hacer mucho ruido. Se sentía igual que las leonas del Circo Mundial, a las que iba a ver con su *amama* Teresa cuando pasaban por Barakaldo o por Portu. Se movían en las jaulas de un lado a otro, nerviosas, aburridas o quizá tratando de calmar el hambre que vestía sus costillas.

«Estate atenta, solamente eso», el estribillo que le había dejado Eneko. «No estás fichada, recuérdalo siempre», la segunda parte. Y separó un poco los labios tratando de encontrar los suyos, como aquella noche frente a las barcas de pescadores.

«Recuérdalo siempre», se repetía mientras se desplazaba del bodegón a la puerta. «No estás fichada». Pero no podía evitar acordarse de las leonas enjauladas. Aquel «¡pum!» no había venido de la calle. A ella también se le estaban empezando a marcar las costillas desde su llegada a Madrid. Era fácil no comer como en casa. Tal vez se había metido demasiado pronto en ese lío y aún no estaba preparada. ¿Cómo se podría vivir encerrada junto a otros tres animales en una jaula de cinco metros de largo? Aunque, por otro lado, la compañía tenía que hacer más fácil todos esos momentos de incertidumbre.

El timbre agudo de su puerta resonó por todo el salón.

El tintineo la penetró directamente hasta el centro del estómago. Así tenían que sentirse las patadas en los huevos que le describía Eneko: un tintineo que resonaba por toda la tripa hasta vaciarle a uno las entrañas. No tan diferente a la regla.

Volvió a sonar.

Empuñó la pistola con las dos manos y apuntó a la puerta.

11

La puerta del ascensor chirría en el descansillo. Zuri acompaña con sus ladridos agudos. Mi padre, silbando, está de vuelta. Su voz alegre pregunta por mí mientras se descalza. Ha debido de tocar bien «What a Wonderful World» que ayer ensayaba, y el profesor le habrá invitado a unas cañas.

Los ojos de Zuri chisporrotean al verme. Con solo venir hacia mí, este cachorro es capaz de quitarme toda la rabia. Pero a mi padre ya no puedo verlo como antes. No se puede mirar igual a una persona que esconde un arma, a pesar de que sea tu padre. Tener una pistola en casa es romper lo sagrado. No vivimos en una granja aislada de Montana ni esto es la comisaría de *Canción triste de Hill Street,* por mucho que le gustara repetirme el «Tenga cuidado ahí fuera» cuando salía de casa, como el sargento Esterhaus decía a sus agentes.

Quiero saltar y gritarle. Pero el único que salta en esta cocina es Zuri. Acabo callando, como siempre. Quizá, si investigo un poco más, conseguiré dejar tapiado todo resquicio por el que pueda escaparse con una mentira.

—Mañana tengo una entrevista —anuncio mientras intento atrapar los fideos de la sopa con una cuchara que se me hace pequeña. El caldo está ardiendo.

—¿Dónde? —me pregunta sin quitar el ojo de las noticias que salen en la televisión, que ya encendemos todos los días.

—En un estudio de arquitectura. En la calle de El Españoleto.

No consigo quitarme de la cabeza la maldita pistola del mueble bar. Pero ¿por qué hay un arma en casa?

—No sé por dónde cae —me dice al tiempo que hace un ruido desagradable al sorber la sopa.

—Alonso Martínez, Rubén Darío… esa zona.

Le miro la mano derecha. Ese índice que sostiene la cuchara pudo apretar el gatillo y disparar a quemarropa a un hombre. ¿Un ajuste de cuentas con algún cliente de la cafetería? ¿Lo mismo fue en defensa propia?

—Puedes coger el autobús veintiuno; te deja en Génova —dice mirando a los talibanes con barbas desagradables que salen en pantalla.

—Sí, he mirado un poco. O la línea cinco desde Pueblo Nuevo.

A lo mejor esa mano izquierda temblorosa, que ahora sujeta inocente la servilleta con la que se aparta los fideos de la barbilla, aguantó el retroceso de un disparo. ¿O fueron más de uno? ¿Dispararía con las dos manos?

—¿Sabes quién era el Españoleto? —pregunta.

No le contesto.

—¿No lo sabes? —me repite.

Le miro a los ojos como creo que nunca lo he mirado.

—¿El qué?

—Que quién era el Españoleto, joder… ¿Te pasa algo, Mateo?

—José de Ribera, el pintor, ¿no?

Claro que me pasa algo. «Me importa una mierda quién era el Españoleto», es lo que me dan ganas de contestarle. Yo lo que quiero saber es qué cojones hace un arma en casa. Y, si no la ha usado aún, ver si tiene pensado hacerlo pronto.

—¡Muy bien! —me dice de la misma manera que hacía yo con vosotros cuando me respondíais bien que Wellington era la capital de Nueva Zelanda.

—Ese era el que pintaba mucho a los santos y a los apóstoles, ¿no?

—Sí, se fue a Italia y acabaron conociéndolo así —explica—. Pero bueno, ¿y esa herida? ¿Qué te ha pasado en la mano? —me mira preocupado.

—Nada. No es nada. Iba andando rápido por el pasillo y me comí la esquina. Un raspón. Papá, ¿alguna vez has tenido miedo de vivir solo?

A lo mejor solo le aterra verse cada día más débil e inferior al resto. Quizá se siente más fuerte con la ayuda extra de la pistola, igual que os pasa a vosotros en los videojuegos, que usáis un arma con la que podéis superar a la bestia de la pantalla siguiente.

—¿Cómo? —Sospecho que sigue pensando en mi mano.

—Sí, que si te da miedo que alguien pueda entrar en casa.

—¿Para robarme? Pero ¿por qué? ¿Te da miedo a ti? ¿Qué se van a llevar? ¿Trescientos euros? ¿Las cuatro joyas de tu madre?

Y me sale mirarlo como queriendo convencerme de que nunca utilizó esa Parabellum. Esos ojos ya no tan azules, sino más grises, no parecen capaces de mirar a alguien como para provocar un torrente de impulsos eléctricos en sus neuronas que hubieran llevado a su dedo índice a apretar el gatillo.

—Me has asustado. He llegado a pensar que ibas a pedirme que pusiera una alarma. ¡Como ahora están todo el rato con ellas en la radio! Si vas a robar, te vas a otro sitio. Te sale mejor que este edificio. Mira, ¿qué te parece? —cambia de tema señalando la televisión—. Nos van a subir las pensiones otra vez.

Creo que aprovecha que estoy mirando hacia la pantalla para toser sobre la servilleta sin hacer mucho ruido.

—Pero si no os hace falta. Os lo gastáis en cañas y clases de saxo todas las mañanas.

—Sí, y en dar de comer a mi hijo.

—*Touché*.

—¿Cómo se llama?

—¿El qué?

—El estudio de arquitectura ese que te ha llamado.

—¡Ni que tú conocieras algún estudio de arquitectura!

—Bueno, ¡dímelo! ¡Qué más te dará!

Y veo que el abuelo vuelve a ser él. Y, aunque siga con mis dudas, yo vuelvo a ser yo, porque odio contestar a ese tipo de preguntas estúpidas. ¡Como si fuera capaz de nombrarme un mísero estudio de arquitectura!

—Marta González, Arquitectos.

—Ni idea.

—Ya te lo he dicho.

—Nunca es tarde para conocerlos. ¿No era esa una periodista?

—¿Quién?

—Marta González, joder.

—No, tú dices Marta Robles.

—¡Que no, coño! Marta González. Esa era una famosa. Anda, búscala en el teléfono.

—Por «Marta González periodista» no sale ninguna —le informo mirando la pantalla—. Pero igual te refieres a esta: Marta Fernández. —Y ahora que la veo, sí, tenía razón. Una presentadora de las noticias.

—Esa. A esa me refería, sí. Muy guapa.

—Estuvo en CNN+.

—Pues si la arquitecta es así de guapa, ojo —me dice sonriendo.

Creo que en el fondo no ha superado mi divorcio y no soporta verme solo.

—¿Qué sabes de Laia? —pregunta. Le tengo calado.

—Bien. Le va bien. Con los niños muy bien, que es lo más importante. Creo que ahora está saliendo con un tío, por lo que Marc y Pau dejan entrever. En fin, ¿te recojo ya el plato o qué?

Me cuesta quedarme sentado con él en la mesa. Mantener su mirada. Devolverle la sonrisa. ¿Para qué demonios guarda un arma? Estoy a punto de preguntárselo, pero me levanto hacia la cocina para meter los platos en el lavavajillas.

12

El timbre agudo de la puerta resonó por segunda vez y acabó de vaciarle lo poco que quedaba en sus entrañas.

No había hecho ningún ruido. Nadie podía saber si, en ese momento, estaba en casa o no, pero los golpes en la puerta la violentaron. Insistentes. Duros. Directos. Primero a un costado y luego al otro. Tampoco fuertes. Pero sí entre las costillas, que se le marcaban cada vez más.

Uno.

Dos.

Tres.

Aguantaba firme mientras empuñaba con las dos manos el arma esperando a que la puerta cayera abajo. Aguantaba como el boxeador que no dejaba que el juez decretara su KO. Apenas le entraba aire por la boca. Casi no podía tragar su propia saliva.

Quitó el seguro de la Parabellum, al igual que tantas veces había hecho en las Landas en aquel improvisado campo de tiro.

Tenía en sus manos la posibilidad de convertirse en la cazadora y no en la liebre inerte del bodegón que colgaba en la pared. «No tienes por qué usarla, Malen. Tranquila. Es solo para protegerte». Quizá había llegado el momento. Dispararía justo cuando los GEO echaran la puerta abajo.

—¡Socorro! —escuchó al otro lado de la puerta—. ¡Socorro!

Era la voz aguda de una mujer vieja, una triste reclusa.

—¡Lucía! ¿Estás en casa, Lucía? ¡Lucía!

Vio que la luz de la cocina estaba encendida. Cualquiera de sus vecinas podría haberla visto por el patio interior de aquella cárcel. Era evidente que estaba en casa. ¿Para qué ocultarse? ¿Y cómo hacerlo, además? Abrir la puerta sería menos problemático que quedarse inmóvil en aquella madriguera. Ahora era ella quien se sentía la monja de clausura abocada a romper sus votos.

«Me gusta esa leona —le decía su *amama* Teresa—. ¿La ves? ¡Qué elegante! A esa no la chulea ninguna de las otras. Hasta el domador la respeta. Si no lo hiciera, si se saltase las reglas del juego, no dudaría ni un segundo en atacarlo». Se sintió fuerte. Por la mirilla vio que, tras la puerta, estaba Remedios, la vecina del primer piso que ya conocía y con la que se había cruzado más veces. Guardó rápido la pistola en el cajón de la mesa baja y abrió.

«¡Mi Mariano! —gritó mientras le agarraba de la mano—. ¡Mi Mariano!», como si solo supiera decir eso. Pedía socorro también desde sus enormes ojos marrones con pestañas larguísimas. Llevaba el pelo moreno recién peinado para el paseo de la tarde, nada que ver con el recogido con el que la conoció en el portal el día que se le presentó.

Bajó los peldaños de dos en dos tras ella y lo vio.

Bocabajo, con la cabeza sobre el felpudo.

Mariano se debía de haber desplomado a la misma velocidad con la que a ella se le disipaban los miedos ante una inesperada visita de los GEO.

El metro ochenta de hombre corpulento yacía junto a la puerta, como el verdadero boxeador noqueado. Se agachó y le dio la vuelta, no sin dificultad, frente a los ojos de horror de Reme, que aprovechó para santiguarse y entrelazar sus dedos como si fuera a ponerse a rezar.

Aún tenía pulso. Habrían pasado poco más de dos minutos desde el «¡pum!». Estaban a tiempo, si recordaba bien toda la formación exprés que le habían impartido en la clandestinidad. Maniobras de emergencia para salvar a un *gudari*. Primeros auxilios para un compañero que hubiera tenido problemas en la lucha armada. Bajó el mentón a Mariano y le echó la cabeza hacia atrás. Lo primero, abrir bien las vías respiratorias, comprobar que nada las obstruía y, entonces, comenzar el masaje. Recordaba perfectamente la teoría, pero ahora estaba frente a su primera reanimación cardiopulmonar. Comenzó a apretarle con fuerza el tórax mientras repetía interiormente la alineación del Athletic para llevar un ritmo mecánico y continuó, como les había aconsejado el instructor: Lafuente, Larrainzar, Larrazábal, Felipe, Lacruz, Yeste, Orbaiz, Guerrero (siempre su Julen Guerrero), Javi González, Ezquerro y Urzaiz.

Tras dos rondas cantándose el once titular, le hizo dos insuflaciones en la boca bajo la atenta mirada de aquella sor Remedios, que parecía debatirse entre no querer contemplar lo que pasaba y no poder apartar la vista de aquel morreo inesperado, como si llegara a excitarla.

«¿Cómo está, Lucía? —le lloraba Remedios—. Él es lo más importante de mi vida». Malen la observaba desde abajo, junto al felpudo, a la tenue luz blanca de ese rellano, con la misma frialdad con la que la leona la miraba a ella en Barakaldo. Aunque también con curiosidad.

«Tiene latido. Se pondrá bien». Sin saber por qué, le sonrió. Y la miró con la misma compasión con que la hubiera mirado la propia Virgen de la Monjía si hubiera descendido de los cielos para llevarse a su marido. Acercarse a Remedios era lo último que debía hacer, pero aquella mujer no distaba mucho de su *amama* Teresa.

Las sirenas de una ambulancia entraron en el descansillo con la misma fuerza que las gotas de lluvia en agosto sobre la tierra cuarteada del parque Munoa. Tenía que irse de allí. Cuanto antes. ¿Cogerían sus datos los de la ambulancia? Por ahí no podía pasar. Aguantó otro ciclo más de masajes y cedió el testigo a un gordito rubio con perilla que llevaba un forro polar naranja mientras una chica de rizos pelirrojos y gafas doradas le tomaba una vía en el brazo. Eran multitud en el descansillo. Malen les dejó sitio subiendo unos escalones y acabó de ver las maniobras entre el primer y el segundo piso.

Estable.

Al Ramón y Cajal.

Remedios subió a abrazarla con fuerza antes de marcharse hacia la ambulancia. Malen le devolvió el abrazo y, sin poder controlarse, le dio un beso fuerte en la mejilla flácida. Olía a colonia barata de supermercado. «Se va a poner bien, mujer. Ya verás. Me vas contando».

«Me vas contando», se repetía ya en la cocina mirando el vaso de agua.

¿En qué cabeza cabía haberle dicho eso?

13

Los pantalones grises y la camisa negra están impecables. Olenka los debió de ver arrugados sobre la silla y los ha planchado. En hora y media tengo la entrevista de trabajo en el estudio de arquitectura. ¡Y yo que pensaba que una entrevista sería ya cosa del pasado! Pero me vendría muy bien tener un sueldo a fin de mes y no depender de cosas puntuales. Podría ofreceros una habitación propia, algo más que pasta o pollo, incluso invitaros a cenar fuera de vez en cuando o una paga en condiciones para vuestros fines de semana.

La mañana es muy soleada. No hace calor, frío el justo; de las que me gustan. Apesta a la salida del portal. Están abonando las arizónicas. Ya no se encarga Francisco, el jardinero viejo que nos perseguía cabreado con la pala enorme de metal cuando jugábamos al fútbol sobre el césped que acababa de cortar. Ahora se trata de un chico joven de Jardinería y Paisajismo Olmo o, al menos, eso dice su furgoneta blanca. El olor a estiércol se extiende por la calle, pero lo prefiero al humo que deja el tubo de escape del autobús que acaba de arrancar junto al semáforo.

Un autobús escolar. Como el mismo que ardió hace veinte años. Aunque ya no queda ni rastro de aquel día en este barrio cualquiera. Algunos barrios saltan a la fama el 22 de diciembre, con dependientas de una tienda mostrando su décimo y abrazándose radiantes como si en realidad se quisieran, o mecánicos de un taller brindando con cava en vasos de plástico frente a una administración de lotería, pero el barrio de la Concepción eligió otro día para abrir todos los telediarios: el 20 de octubre del año 2000.

En la sucursal de Caja Madrid ahora luce un cartel de CaixaBank, que parece un guiño a mi lado catalán. En La Valencita, donde trabajaba vuestro abuelo, bajo los toldos ya rosas, se lee en un cartel negro con letras amarillas: SE ALQUILA. Con ese nombre y esos toldos, podría pasar por un club de alterne como el que había junto al puente de Ventas, con la silueta de una mujer de perfil llevándose la mano a la melena que le cae hacia atrás.

Han abierto un chino en la calle Aristóteles, a la vuelta de la casa de mis padres, donde estaba la tienda de ultramarinos del dependiente bajito de gafas redondas al que casi no se veía tras el mostrador y al que todos los sábados le compraba un cuarto de pepinillos y de aceitunas negras. Pero ya no venden ni pepinillos ni aceitunas negras. Tampoco venden a granel. El asador de pollos sobrevive y, aunque sigue asando pollos, ahora intenta ser una tienda gourmet. Donde la ferretería, otro chino. La mercería aún está y, de momento, no es un chino. El que la lleva ahora debe de ser el hijo del señor calvo con bigote que me caía tan bien solo por tener un bigote negro bien cortado y por sonreírme cuando, de niño, acompañaba a mi madre alguna tarde a comprarse unas medias con urgencia porque esa mañana les había salido una carrera a las suyas.

Ya no hay flores que abracen la farola. Ni una placa que rememore lo sucedido. Nunca la hubo. Todo fue borrado. «Mejor así —pensarán—, un barrio sin memoria». Sin flores, sin placa, sin recuerdos. Tantos años después, aquella fecha, 20 de octubre del 2000, ha sido barrida igual que las hojas marrones de los plátanos. No queda ni rastro de aquel día en el barrio.

Las aceras de la avenida de Badajoz y de la calle Torrelaguna parecen nuevas. Debieron de renovar el asfalto hace poco porque se ve muy uniforme, como una capa de Nocilla bien extendida. Tengo la sensación de que todos los barrios acaban siendo idénticos. No importa si están en Barcelona o en Madrid. Cada uno de ellos va perdiendo sus rasgos distintivos, su esencia. Los van desnaturalizando hasta conseguir que se mimeticen en un gran barrio universal.

Lo único que queda reconocible son los árboles. Aunque intenten dar a los barrios una misma apariencia llenándolos de alguna especie de árbol platónico, no lo tienen tan fácil. Los miro y estoy convencido de que recuerdan, que tienen memoria. Son altos, grandes, los guardianes de la calle. Creo que son arces, pero tampoco lo tengo claro. Lo sean o no, sigue siendo el mismo árbol que con sus ramas no me dejaba mirar bien por la ventana. El mismo que amortiguó la onda expansiva y que ahora no quieren poner los ayuntamientos porque acaba levantando los adoquines de las aceras. El tema del arbolado es el único obstáculo que les queda para conseguir que todos los barrios sean iguales y podamos convertirnos cuanto antes en soldados de cabezas aún más huecas. Y ya, sin árboles ni sombras, conseguir que poco a poco nuestros cerebros se vayan fundiendo como el asfalto en verano sin que nos hayamos dado cuenta.

Comienzan a escucharse los gritos del recreo. No sé si vienen del Mater o del Méjico. El caso es que ya son las once y, aunque tengo tiempo de sobra, prefiero ir saliendo ya antes que llegar apurado a la entrevista. Siempre puedo darme un paseo por Rubén Darío mientras espero. Es curioso: a cada minuto que pasa, el ruido de los patios va en aumento. Seguro que, en el parque de las Avenidas, al otro lado del puente sobre la M-30, los pijos creen que sus mañanas son mejores porque tienen más silencio, pero no se dan cuenta de que la vida está en los colegios y los comercios. Nada como los conciertos que se forman cuando las furgonetas de los repartidores en segunda fila no dejan pasar al autobús o cuando los niños gritan detrás del balón pidiendo un pase o reclamando un fuera de juego. En realidad, me gusta imaginar que sus chillidos son los vuestros, aunque hayáis pisado tan pocas veces Madrid. Seguramente ya ni juguéis al fútbol en los recreos. ¿Qué andaréis haciendo ahora?

14

Las mañanas de octubre en Madrid parecían más frías que las de Barakaldo. Por eso caminaba con paso rápido hacia la cafetería, para intentar ponerse a resguardo cuanto antes de ese aire casi polar. Las maniobras de reanimación a Mariano no se le iban de la cabeza. No era lo mejor para pasar desapercibida en el edificio, pero tampoco lo había elegido ella. Habían ido a pedirle ayuda y no había tenido escapatoria. ¿Cómo estaría Mariano? ¿Y Remedios? ¿Cómo habrían pasado la noche en urgencias? Tenía ganas de llamar a su puerta para quedarse tranquila.

Blanca. Se llamaba Blanca. Se lo tenía que recordar cada vez que pasase entre el pastor de cabras y la vendedora de pavos que vigilaban la entrada. Eso le había dicho a Juan casi sin pensarlo, cuando lo último que se esperaba era que le preguntase su nombre. Aunque en su falso documento de identidad estuviese escrito Lucía, en esa cafetería tendría que ser Blanca. Debía tener cuidado para no contradecirse porque, en cuanto la viese entrar, seguro que volvía a atosigarla.

De todas formas, no era mala señal que todas sus preocupaciones, esos días por Madrid, no vinieran provocadas por una vecina que sospechase del piso franco, sino por una posible confusión con aquel vulgar camarero al que creía poder controlar.

Mientras esperaba a que el semáforo se pusiera verde, vio en la barra a un hombre sentado hablando con Juan. A la joven Mata Hari no se le debería haber pasado la hora de entrada de un posible objetivo.

Entró, sonrió a Juan y comprobó que se trataba del barrendero del primer día. Fue directa a por los periódicos al final de la barra, como ya se estaba acostumbrando a hacer.

No estaban.

Lo tenía que haber hecho a propósito. Ese sapo cabrón la observaba con los ojos saltones azules desde la otra punta. Quería jugar con ella. Pero no, no entraría en su juego. Si no había periódico a mano, sacaría de su bolso el libro de relatos de Bernardo Atxaga. Si es que la dejaba, porque de reojo ya estaba viendo cómo se dirigía hacia ella.

—Toma, Blanca. —Le tendió *El Mundo*—. Normalmente el repartidor los deja siempre por aquí, pero hoy entró con prisa y me los dejó junto a la caja.

Solo la tragaperras rompía el silencio de La Valencita con su melodía a cada minuto y sus luces en los laterales, donde dos guerreras rubias de tetas explosivas se medio cubrían con unas armaduras negras que más bien parecían sujetadores de encaje.

—Entonces ¿estudias o trabajas?, que no me quedó claro —volvió a preguntarle Juan. No parecía rendirse.

—Quiero ser arquitecta —le soltó sin pensar.

Juan sonrió y abrió aún más los ojos. ¿A cuento de qué venía esa risa?

—¡Como mi hijo Mateo! ¿En qué curso andas?

No podía ser. No había carreras para elegir que justo había dicho la del hijo del camarero.

—Bueno, ando a caballo entre distintos años.

No era capaz ni de nombrar dos asignaturas. Le iba a tocar documentarse cuanto antes, incluso darse una vuelta por la universidad para que no pudieran pillarla en una contradicción.

Juan le confesó que no pensaba que a su hijo se le fuera a dar tan mal el primer curso con lo buen estudiante que había sido en el colegio, pero que le tranquilizaba lo tenaz y cabezón que era. Sacaría la carrera adelante. Seguro. Cuando se quisiera dar cuenta, estaría diseñando el estadio olímpico de Madrid. Sería maravillosa la ceremonia de inauguración de los Juegos Olímpicos, igual de maravilloso que saber que Mateo estaba detrás de ese recinto que se mostraba por televisión a todo el planeta.

El hijo de aquel camarero andaría bien despistado en su primer año con unas cuantas guerreras reales. Guerreras rubias, guerreras morenas. También guerreras de tetas explosivas. Guerreras con piercing o con pelo morado. Guerreras en vaqueros rotos. Guerreras con carpetas grandes llenas de planos.

Le tenía. Con mucha suerte, pero creía haberse ganado a Juan. Aunque debía estar preparada para la siguiente emboscada: volvería a la carga seguro, y las preguntas se podrían complicar. Quizá ya no valían simples larvas o mosquitos como respuestas para saciar a aquel sapo controlador.

—Oye, ¿te has enterado de que le dio un infarto a Mariano? Parece que está bien —escuchó al barrendero decirle a Juan.

Malen se puso más *Blanca* que nadie.

15

Como si estuvieran recién pintadas. Así relucen las barandillas negras de los balcones de la calle de El Españoleto. Las fachadas blancas también parecen deslumbrar con más fuerza a cada número que avanzo, como si fuera una competición entre los vecinos por ver quién tiene el edificio más elegante. «Marta González, Arquitectos» ocupa el bajo derecha del número cuatro. En el telefonillo, «MGA» en un rojo brillante.

Llamo y me abren sin miramientos. ¡Y yo que pensaba que iba a necesitar aclarar que era Mateo Barros y tenía cita para una entrevista! El portal es antiguo. De mármol blanco, muy similar al del *Moisés* de Miguel Ángel. Con un ascensor de forja pintado de negro y unos cristales impolutos a los que un portero está sacando brillo. Me apetece entrar en ese ascensor y sentirme como un arquitecto de los años sesenta, pero el portero me impresiona lo suficiente como para dejarme de tonterías y dirigirme directamente al bajo derecha.

Marta, o la que creía que era Marta durante la llamada, me abre a duras penas una puerta enorme de madera blanca, como su blusa. Pelo moreno rizado y gafas de pasta negra (menos mal que no me las compré). Es alta. Más que yo. Treinta y nueve años, diría. Me sonríe. Y yo a ella, con esa sonrisa que pongo cuando intento no dejar que los nervios salgan de su madriguera.

Aunque quiero el trabajo, en el fondo me es indiferente, solo tengo en la cabeza saber a qué juega mi padre y qué demonios esconde. Y escribir. Escribir esa maldita novela que tengo dentro. Pero sé que no debo salirme de la rueda: tengo que seguir dibujando planos de casas como quien pone huevos en una jaula de corral.

—¿Quieres un café? —me dice. Veo que queda abierta la veda a poder tutearnos.

—Bueno.

Tomar un café también me da exactamente igual. Ella no me da tan igual. Tiene algo, aunque no ese algo que vi en vuestra madre cuando nos cruzamos en la Diagonal al poco de empezar en la Escola d'Arquitectura.

—¿Suave o fuerte? —pregunta. Yo me río—. No, en serio. No me importa hacértelo con una cápsula o con otra...

—El que te vayas a hacer tú —contesto con un tono de voz más grave que el mío habitual. Veo que intenta mirarme las heridas de los nudillos, que yo trato de ocultar.

Ya hay cafeteras de Nespresso hasta en las entrevistas de trabajo. Vas a la peluquería, toma cápsula. A pasar la ITV, espera con una cápsula. Y ahora me van a ofrecer un sueldo de mierda, pero edulcorado con un café tostado de Etiopía.

—Qué más me da hacerte uno que otro...

—Suave, venga.

A fin de cuentas, yo también soy suave. Un blandengue, aunque intente parecerle durito. Me sonríe y el olor del café comienza a disimular el olor a Cristasol que me saludó al entrar. O son muy pulcros o el portero se ha ganado un dinero extra limpiando esta oficina.

Con el ruido de fondo de la Nespresso, descubro que Marta no es Marta. Se llama Nerea. Estudió Arquitectura en la Politécnica de Madrid, me dice. A ratos me siento como si la entrevista se la estuviera haciendo yo a ella. Es lo que tiene estar relajado. Tiene ganas de hablar. Imagino que todo el día allí sola dibujando con el AutoCAD no es muy apasionante. Un pico de trabajo y necesitan gente. No pagan mucho, pero me valdría. Ella sería mi jefa directa. A Marta González no la ve nunca, aunque deduzco que existe. Mi trabajo sería el proyecto y la futura dirección de la obra de un polideportivo nuevo en Jaén que les acaba de salir. Puede que sea Jaén, pero mi mente se lo lleva rápido a Manresa, a Granollers, a Santa Eulalia. Y te veo jugando allí, Marc. Es el último minuto y vais 19-19. Te llega el balón. Estás suspendido en el aire, con la pelota agarrada en la mano derecha, manteniendo el equilibrio con el brazo izquierdo. El portero te aguanta. Abre los brazos y las piernas. Parece una equis gigante. Igual que san Andrés crucificado. Seguro que el Españoleto lo pintó. Pero tú también aguantas, suspendido de una de las vigas laminadas de madera que se apoyan en los pilares HEB, como si colgaras de la cubierta. Yo te veo desde la grada. La gravedad va tirando del portero y de ti hacia el parqué. Aguantas la pelota. Aguantas. Y casi desde el suelo ves el hueco y cruzas el balón. Todo tu peso cae sobre tu hombro derecho en el parqué, el mismo hombro que ahora me duele a mí. El portero solo puede girar la cabeza y seguir el balón con los ojos, como tú. Que el balón entre o no será una cuestión de física. Porque es física, no suerte, por mucho que se empeñen.

Le digo a Nerea que la oferta me podría interesar. Como ella también podría interesarme. Me gustan los ojos casi negros con los que me ha tratado de analizar en todo este rato, pero, sobre todo, la voz dulce con tonalidades de Marlboro con la que me ha hablado, que me recuerda tanto a vuestra madre. Es de admirar cómo ha conseguido dejar al margen lo explotada que se sentirá por Marta González, Arquitectos, como tantos estudios de arquitectura que se creen que están contratando teleoperadores. Y esto no os lo debería decir, pero, mientras me hablaba, no podía evitar imaginármela desnuda.

Tendría que pasar por la oficina dos veces a la semana para ir comentándole los avances y que el cliente pueda hacer un seguimiento del proyecto. Algún que otro viaje a Jaén en una fase inicial, pero luego sería recomendable que fuese con frecuencia, incluso que me instalara allí cuando avanzase la obra. ¡Jaén, qué pereza!

Me llamarán, me dice. Si encajase mi perfil, aclara. Aunque sé de sobra que les voy a valer y ella sabe que no tardaría nada en decirles que sí. Pero me tocará esperar de nuevo su llamada. Me sale darle un abrazo al despedirnos ahora que creo que vamos a ser compañeros de trabajo, pero me corto un poco al ver su mano derecha extendida hacia mí. Se la estrecho y me doy cuenta de que las heridas de mis nudillos han quedado a la vista. Ya le propondré quedar para tomar algo otro día.

Según atravieso la puerta enorme y blanca, me cabreo porque me percato de que, cuando nos despedíamos, la he mirado de esa manera estúpida que sin querer me sale a veces, intentando parecerle interesante, sintiéndome Brad Pitt, cuando solo soy un capullo unos diez años mayor que ella. Y más bajito.

16

Como una aldeana de Elorrio recién llegada a la Gran Vía, así se sintió cuando subió las escaleras de granito de la estación de metro de Ciudad Universitaria. Como si fuera buscando un mercado en el que colocar las dos gallinas que llevara en una jaula o las berzas manchadas aún con la tierra de la huerta del caserío, envueltas en un paño y metidas en una cesta de mimbre. Tampoco tenía un *zapi* cubriéndole la melena, pero parecía llevarlo con un fuerte nudo al cuello en medio de aquel bullicio de la avenida Complutense, con estudiantes que comenzaban el turno de tarde en todas las facultades y que, con sus pasos rápidos, la iban difuminando poco a poco.

¿Dónde quedaba la Escuela de Arquitectura? Le daba vergüenza parar a algún universitario y preguntarle con el curso ya empezado. No se le había ocurrido que pudiera estar visitando a una amiga que estudiara en la escuela o que estuviera apuntada a un curso puntual de estructuras. Por mucha camisa de cuadros y vaqueros ajustados que llevara, no dejaba de verse con falda oscura, corpiño negro, blusa blanca y un pañuelo bien ajustado a la cabeza, como si hubiera nacido en el mismísimo Oñati. Fue un conductor de autobús, que apestaba a sudor, quien le supo decir dónde caía la avenida de Juan de Herrera.

La entrada a la escuela la sobrecogió. No estaba acostumbrada a edificios así, y menos a edificios así *para estudiantes*.

Aquella escalinata con las cuatro columnas enormes de la fachada era la entrada a un templo.

El interior, amplio y diáfano, acrecentó aún más su sensación de aldeana perdida. Aquello podía ser Osaka o Chicago, un lugar ajeno con planos y números generando un idioma que desconocía, pero que comenzaba a envidiar.

Se acercó a la secretaría y comenzó a leer los tablones. En uno de los corchos pudo leer el plan de estudios. PRIMER CURSO: GEOMETRÍA DESCRIPTIVA I Y II, SISTEMAS CONSTRUCTIVOS. Intentó memorizar los nombres de algunas asignaturas. CÁLCULO INFINITESIMAL I Y II. Juan, el camarero, no la pillaría en un renuncio. INTRODUCCIÓN A LA ARQUITECTURA. Sería una estupidez, pero su farsa ahora sería más sólida. SEGUNDO CURSO: MATERIALES DE LA CONSTRUCCIÓN. Podría usar esa asignatura cuando Juan indagara en eso de que estaba a caballo entre varios años. MECÁNICA DE SÓLIDOS Y SISTEMAS ESTRUCTURALES. ¡Qué mejor manera de invertir su tiempo libre que haciendo verosímil su vida fuera de la cafetería!

¿Y si un día aparecían Remedios y Mariano y la llamaban Lucía delante de Juan? Recordaba aún la frase que les dijo el Txopo, el profe de Física en el instituto, cuya barba espesa le bajaba por la garganta y se le metía ya por debajo de la camisa: «La preocupación es imaginación descontrolada». Le había venido mucho mejor que los fundamentos de la velocidad angular.

Ya que estaba al lado de Secretaría, y aunque hubiese abandonado el instituto, fantaseó con la idea de preguntar las opciones que tenía para matricularse. Un administrativo que parecía una morsa recién despertada de su siesta le comentó que el plazo había vencido la semana anterior. En enero se volvería a abrir el periodo de matriculación.

Se acercó a la cafetería de la escuela llamada por el bullicio que de allí salía. En la barra atendían camareros con camisa de manga corta blanca y pantalones negros. «¿Qué te pongo, morena?», le preguntó uno de ellos con voz ronca. Llevaba un ancla azul tatuada en el antebrazo. Se debía de creer guapo por la forma chulesca con la que la miraba. Parecía querer imitar a Ben Affleck.

Pidió una Coca-Cola light, lo primero que se le pasó por la cabeza para quitárselo de encima y poder echar un vistazo, más tranquila, a lo que se cocía por allí. Sí, había guerreras de todo tipo, pero casi todas carecían de tetas grandes, de piercings y de pelos morados. La gran mayoría llevaba ropa que le gustaba. Bastante normales.

A su lado, en la barra, un chico que llevaba un jersey azul anudado al cuello se hizo un hueco, o eso creyó ver por el rabillo del ojo. «¡Juli! ¡Un café solo, cuando puedas, porfa!».

Se giró un poco para verle.

No podía ser.

Una camisa de cuadros amarilla y unos vaqueros completaban su vestuario.

No podía ser él. Seguro que no era.

Tenía la misma cara de Juan, pero veinte años más joven.

—Me pediste uno solo, ¿no? ¿Con hielo? —oyó preguntar al camarero que se creía Ben Affleck mientras notaba cómo los ojos del chico se volvían hacia ella con descaro.

—Hola. No nos conocemos, ¿no? ¿De primero? ¿Estás también tú en el grupo de tarde? —quiso saber.

Ella asintió con la cabeza.

—Ciento veinte, guapa —dijo el tal Juli sirviéndole la Coca-Cola light.

—Toca Fundamentos ahora, ¿no? —Malen le miraba sin decir palabra—. Es un coñazo, ¿verdad? No entiendo nada de lo que nos cuenta el tipo este de las gafas.

—Ni yo...

—Se pone a soltar su rollo, coge la tiza, llena la pizarra de fórmulas y...

Malen le sonreía.

—Me llamo Mateo. Encantado —se presentó, lanzándose a darle un beso en la mejilla.

—Lucía.

Las mejillas le ardían. Y el cuello. Menos mal que el pelo le tapaba unas orejas que debían de parecer candelas en ese momento.

17

¿Qué esconde vuestro abuelo? Que quiera vender el coche y no me lo cuente puede tener alguna explicación, pero no sé por dónde coger que guarde un arma en el mueble bar.

La primera decisión que toman los detectives de las novelas de suspense es la de no dar nada por sentado. Hércules Poirot acababa resolviendo todos los casos partiendo de esa premisa. Así que he puesto en duda hasta sus clases de saxo, y esta misma mañana he comenzado a seguirle en cuanto ha salido hacia la casa de Rolando, que decía que estaba cerca del parque del Calero, con Zuri tirando fuerte de él.

Les he dejado unos cien metros de distancia, suficientes para girarme rápido y aparentar que me interesa mucho el escaparate de una farmacia o las ofertas de la semana colgadas en el Dia, si es que a Zuri le diera por pararse a olisquear.

Cuando veo que se detiene frente a un portal, mi mandíbula se destensa como si la fuerza con la que había ido apretando los maxilares se traspasase de inmediato al dedo índice de mi padre, que aprieta con insistencia un telefonillo. Debe de ser el piso de Rolando.

No, esa mano no ha podido disparar una pistola.

Nunca.

Me siento en una terraza para hacer tiempo con un café con leche e incluso puedo escuchar la música que sale por la ventana de un bajo. Tiene que ser él. Toca suelto, alegre, ágil. Por momentos, parece un virtuoso del jazz. Nada que envidiar al Woody Allen que empezó con el saxo y se cambió al clarinete. Me lo imagino con soltura en las manos, flexionando bien las rodillas y los codos, arqueando la espalda con estilo. Tiene que ser, de lejos, de los mejores alumnos de Rolando. De hecho, hasta me planteo si es Rolando el que toca. Normal que acabe siempre invitado a las cañas. «¡Eso que escuchan es mi padre tocando el saxo!», me dan ganas de decirle a las dos señoras de la mesa de al lado.

Pero la música se detiene. Al poco, aparece en la calle. Sin su saxo, que se lo ha debido de dejar al tal Rolando, que en mi cabeza es como Clarence Clemons, un enorme negro con bigote, el saxofonista que acompañaba a Bruce Springsteen.

Dejo caer los dos euros que llevo en el bolsillo sobre la mesa de acero inoxidable y me levanto casi a la carrera envuelto en ese sonido metálico.

¿A dónde demonios irá? ¿Por qué no lleva el saxo con él? Cuando consigo tenerle más o menos a una distancia que me da tranquilidad, frena en seco ante un portal de Virgen de la Fuencisla, que lo engulle. Esta parada no me la esperaba.

El tiempo parece haberse detenido ahí, en ese portal de rejas negras y doradas. Nada que ver con los portales de cristal y madera que inundaban el barrio y apenas se ven ya. A todas las comunidades de vecinos les entró una fiebre hortera y decidieron bañarlos con tonos dorados, como si ningún edificio quisiera quedar fuera de esa explosión de fea modernidad.

En los buzones que hay junto a la portería debe de haber alguna pista sobre a quién habrá venido a ver, pero estoy convencido de que ese conserje con pinta de dóberman me diría algo si me acerco tres metros más: no le he pasado inadvertido.

El abuelo no sale y yo ya no sé qué hacer para disimular. En estos momentos, me vendría bien una gorra que me tapara un poco la cara, igual que hacen los famosos cuando van al cine o para despistar a los paparazzi al salir de compras. Me dedico a recorrerme la calle de arriba abajo hasta que lo veo. Está junto a la ventana del segundo piso. Sentado. Parece que habla con alguien que no acaba de mostrarse. Humo de tabaco. Se lleva la mano huesuda a la cabeza. Por debajo del pelo, por encima de la oreja.

A los veinte minutos, sale del portal. ¡Ahora sin Zuri! ¿A quién se lo ha dejado? Podría pararle y hacerme el encontradizo, pero le sigo dando carrete, como el pescador deportivo a bordo de una embarcación que persigue a un marlín azul. Al poco rato, mi marlín azul trata de escaparse, esta vez en la boca de metro del barrio de la Concepción.

Huele a alcantarilla, a agua estancada, peor incluso que las arizónicas recién abonadas a la salida del portal. Parece que se ha puesto de moda ese olor a mierda en el barrio. Se me escapa. Mi padre es Leo Messi y yo un triste defensa que nunca llega a tiempo a la carrera con tantos obstáculos. Ya ha pasado los tornos y a mí aún me queda sacar el tíquet.

La máquina no acepta tarjeta y únicamente llevo un billete de veinte euros. «Solo efectivo», indica la pantalla rechazándome los veinte euros como si me sacara la lengua. Todas las monedas se quedaron en la mesa metálica de la terraza, junto a las dos señoras. En la taquilla no hay nadie. «¡Vamos, joder!», y le doy un golpe como si se tratara de la tragaperras con guerreras en bikini de La Valencita, que me contaba mi padre que vaciaban hasta tres veces a la semana. Pero ahí no salen tres plátanos alineados que me recompensen con un tíquet de viaje. Miro a un lado y a otro y salto los tornos. No lo hice con dieciséis años y lo estoy haciendo con cuarenta. Un tipo de la edad de mi padre me mira mal. «Es una urgencia», le digo al pasar a su lado, como si tuviera que disculparme ante ese cretino.

Un cartel azul indica Pitis con una flecha hacia la izquierda. San Fernando de Henares, de frente. Pitis, elige mi instinto.

Al final de las escaleras mecánicas veo a mi padre. ¡Bingo! Es el mismo camino que yo cogía cuando iba a avenida de América para hacer transbordo hasta Ciudad Universitaria, antes de que me cambiase a la Escola d'Arquitectura de Barcelona.

Demasiado pronto comienza a sonar el chirrido de las ruedas metálicas sobre el carril. Cada vez más agudo. Salto las escaleras de dos en dos y me aproximo a la voz de un músico que intenta cantar a Sabina. En el último quiebro, antes de poder ver el tren, la gente se agolpa como si fuera el inicio de las rebajas en El Corte Inglés. El músico que se cree Sabina me cierra el paso con la funda de su guitarra bien abierta y cuatro monedas demasiado bien colocadas. Suena el silbato. Piso la funda del músico y levanto la mano pidiéndole perdón como si lo hubiera hecho sin querer. Eso los futbolistas lo hacen muy bien. Primero meten el codazo en el salto y luego se disculpan.

Pero mis zancadas no han servido. Las puertas del vagón se cierran delante de mi cara. Trato de forzarlas, pero no se abren.

Giro la cabeza hacia el final del andén, desesperado, buscando una clemencia en el conductor que le lleve a volver a abrir las puertas, pero el tren inicia su inexorable camino hacia el agujero negro.

En el suelo rojizo de la estación, el reflejo de las luminarias se va interrumpiendo periódicamente por el movimiento de los vagones. El sonido metálico de las ruedas se difumina.

El músico me mira con cara de asco. No estoy para miraditas. Tiraría, a la funda de su guitarra, un clínex usado que llevo en el bolsillo. Quedaría bien junto a sus monedas. Por culpa de su guitarra y de su *Calle Melancolía* de mierda, mi misión ha fracasado.

Cuando llego al vestíbulo, noto una mano sobre el hombro dolorido, pero sé que no es para darme un masaje. Dos vigilantes de seguridad con dos barrigones considerables me dicen que me he saltado los tornos y que también han visto por las cámaras cómo he golpeado una máquina de venta. Me piden que los acompañe a un cuarto para tomarme los datos. Ni de coña me voy a meter con ellos en un cuarto. Asiento y bajo la mirada, igual que un niño bueno recién regañado, y, en cuanto la mano que me sujeta el hombro se relaja un poco, meto un acelerón y echo a correr.

Imposible que, con esos kilos a cuestas, estos dos mastines me puedan atrapar.

18

Llevaba tumbada en la cama un rato largo, pero sus ojos seguían recorriendo la finísima grieta que cruzaba la escayola del techo del dormitorio y que la luz de la farola aún le dejaba ver. Esa noche, los acelerones de la moto que tantas veces la despertaban bajo su ventana la habían pillado bien espabilada. Ni el vaso caliente de leche, que otras veces funcionaba, ni los cinco minutos de respiraciones profundas la estaban ayudando a dormir. Le preocupaba no llegar a recuperar nunca la tranquilidad que tan poco valoraba antes y que cada vez veía más lejos en esa vida incipiente de *gudari* con estancias cortas en pisos francos y continuos cambios de destino cada pocos meses.

¡Menuda casualidad haberse encontrado con el hijo de Juan en la cafetería de Arquitectura! Aunque había sido simpático y no la había agobiado con preguntas que la hubieran puesto en un compromiso, esperaba no coincidir con él por el barrio. Menos aún donde su padre. Podría comenzar a acosarla con profesores o asignaturas, o acabar siendo el tema recurrente de conversación entre padre e hijo. Como ese momento en el que había conseguido regatear el «Pero ¿eres de Madrid?» y que le había dejado un rato dudando. «No, porque me parecía que tenías acentillo».

Su nombre era bonito: Mateo. Muy buen cuerpo. Desnudo tenía que ganar mucho, porque la camisa de cuadros le quedaba enorme y el jersey ese azul marino anudado al cuello le convertía en una caricatura de pijo andaluz cutre. Y en ese juego había muchos otros que le daban mil vueltas, con patillas cortadas al milímetro, camisas a medida con iniciales bordadas y pantalones chinos marcándoles un culo de gimnasio.

Trató de encenderse un cigarrillo, pero no podía. Agitó con ímpetu el mechero de plástico verde y comprobó que aún tenía líquido. No debía fumar en la cama con ese cansancio, pero necesitaba relajarse. Se encendió un Chesterfield y tragó el humo mientras se resistía a dejar pasar los recuerdos que le traía el sabor de aquel tabaco: los *katxis* de *kalimotxo* en la Semana Grande de Bilbao; el agua de la ría siempre moviéndose, con el Puente Colgante al fondo, desde el muelle de la Benedicta en Sestao; Eneko corriendo por la playa de Sopelana directo hacia las olas, como don Quijote frente a los molinos.

Exhaló cada recuerdo sin ninguna prisa.

La sonrisa de Mateo parecía espontánea, sin complejos. Mostraba unos dientes grandes, alineados irregularmente, como si quisiera dar fe de que no había llevado ortodoncia a los quince años. Le gustaban las personas así, alegres, que no tardaban en iluminar las estancias con naturalidad, incluso estancias enormes, como la cafetería de Arquitectura. Aunque para enorme el vestíbulo donde colgaban los tablones con los planes de estudio. Tal vez se había equivocado dejando el instituto. Quizá tenía que haber seguido insistiendo o haber pedido a sus padres la ayuda extra de un profesor particular, como tenían Irati o Ane, por mucho que la hubieran acabado mandando a la mierda. Tampoco parecían nada del otro mundo aquellos futuros arquitectos. Si no hubiera abandonado los estudios, ella también podría estar diseñando una bodega en Laguardia o un nuevo frontón en Hernani dentro de unos años.

El agua de un grifo corría en el piso de abajo. Reme. Miró el reloj. Las doce y veinte ya. Se debía de estar yendo a la cama.

No tenía fuelle ni nada la vieja. ¿Cómo estaría Mariano? Tenía que bajar sin falta a preguntarle, llevaba un par de días sin saber nada y ya tenía que estar a punto de recibir el alta. Cuando él estuviera de vuelta, les prepararía un bizcocho de los que le enseñó a hacer su *amama* Teresa. Eso sí, antes tenía que comprar un limón.

En unas semanas había salvado una vida y estaba preparando el camino para acabar con otra. Pensarlo le daba un poco de vértigo, pero eran vidas que no tenían nada que ver. Mariano no dictaba sentencias eternas e injustas contra *gudaris* que solo luchaban por su propio país.

Apagó el cigarro en el cenicero que descansaba sobre la mesilla de noche: una flor roja que anteriormente había sido una lata de Mahou.

Un empleo como el de Juan tampoco estaría mal. Tu barrio. Tus clientes. Tus rutinas. Poco que pensar. Con tus conversaciones diarias. Tu tiempo libre. Como Jokin con su bar. Igual estar en primera fila no era la mejor opción. Igual esa era la de los pardillos. Como los soldados de la avanzadilla. Quizá en tercera o cuarta fila, en la retaguardia, detrás de una barra, podría vivir mucho mejor y seguir implicada en la lucha.

Los arrullos de Kai y Harri le llegaron desde el otro lado de la ventana. Alguna noche los hacían, como si intentaran ayudarla a dormir.

La grieta de la escayola comenzó a difuminarse.

Cada vez le costaba más localizarla.

19

De vuelta a casa, tras el fiasco en el metro, trato de borrar mi frustración rebuscando entre sus cosas, como haría el bueno de Sherlock Holmes con el poco tiempo que le dejara Conan Doyle en el punto álgido de la trama.

Tengo que seguir husmeando como un buen sabueso sin dejar un solo papel por revisar. Nada mejor que el armario de hojas dobles del pasillo. Es el sitio donde está su pasado y el mío, nuestro presente, ¿quizá también nuestro futuro? La piedra angular de la casa.

Ahí encuentro el álbum de fotos granate, el pequeño ser vivo que mi madre se encargaba de alimentar con frecuencia y que ahora me llevo al salón bajo el brazo para explorarlo con calma.

En la primera foto que veo salgo disfrazado de pastor, con cinco o seis años, y me muestro indignadísimo. Vuestro abuelo me había pintado un entrecejo a última hora, convirtiéndome en un pastor rudo y bruto y echando a perder la cita que tenía con Rocío Sebares, que hacía de Virgen y que me gustaba a rabiar. En otra salgo un poco más alto, con la equipación del Real Madrid y un balón en los pies. Nada feliz. No me reconozco. Es ver el escudo ahora y sonrío como un bobo enamorado, pero con siete años no me gustaba el fútbol ni por asomo. Al Real Madrid ya lo elegiría yo cuando cumpliese diez. Recuerdo perfectamente el sentimiento de ridículo que serpenteaba por mi interior con ese pantalón blanco tan corto. Era como ir en calzoncillos. Vergüenza a flor de piel. Por eso nunca os insistí en que os disfrazarais por carnavales cuando lo pedían en el colegio. Siempre os dejé hacer lo que quisierais, hasta ir con la camiseta de Messi, ¡como si eso fuera un disfraz de carnaval!

Antes, con carrete, las fotos eran las que salían entre las veinticuatro que revelabas. No había más. Si parecías enfadado, así acababas pegado en el álbum. Y me gusta mucho ver estas imperfecciones. Ahora, en las infinitas fotos que guardamos y que nunca tendremos tiempo de volver a ver, buscamos desesperados las sonrisas. Ocho o nueve fotos iguales hasta que todos parecemos de un anuncio de dentífrico.

En otra foto, mi madre me abraza como el tesoro suyo que era, con ojos radiantes. Yo me río tumbado agarrándome las piernas. Debía de haberme cambiado el pañal un instante antes. «El dolor de ahora es parte de la felicidad de entonces. Ese es el trato», lo dice Anthony Hopkins en *Tierras de penumbra*, película que vi una tarde aquí solo, frente al televisor que aún aguanta, mientras mis amigos hacían botellón. Me ha venido a la cabeza ahora al ver a mi madre tan sonriente mirándome. Anthony Hopkins interpretaba a un escritor y profesor de literatura en Oxford y reformulaba una frase que Debra Winger, poetisa estadounidense que va a conocerle ya enferma de cáncer, le había dicho días antes bajo un puente de piedra: «El dolor de entonces es parte de la felicidad de ahora. Ese es el trato». Ya veis, mis amigos emborrachándose y yo viendo dramones en versión original. ¡Pero cuánta razón tenían Anthony y Debra en esa frase!

Tras los fiascos de pastor y futbolista, por fin salgo radiante en una foto. Estoy disfrazado de vaquero y apunto a la cámara con un revólver. Precisamente un revólver. Y al verlo ahora noto cómo se me erizan los pelillos de la nuca. Llevo un sombrero marrón con sus dos alas bien puestas y un pañuelo morado de bandolero al cuello, que seguramente me retirase de la boca para la foto. Se me ve muy feliz echando un duelo al cámara, mi padre, cada uno agarrado a su disparador, preparado para ser el más rápido con el gatillo. Soy feliz apuntándole, como lo erais vosotros cuando aparecíais por detrás del sofá y me apretabais vuestras espadas contra la garganta y con toda tranquilidad me decíais que ibais a cortarme el cuello.

Matamos al padre para subsistir, aunque sea de juego, y nos hace tremendamente felices simular que lo hacemos. Pero la realidad es que matamos al padre poco a poco, no de un disparo. Y nunca se está preparado para el día en que tus hijos deciden matarte. Yo comencé a morir el día en el que tú, Pau, a pocos metros de la entrada del cole, me pediste que no entrara contigo. Y acabé de hacerlo cuando tú, Marc, me negaste un beso al despedirnos el día que te dejaba en la puerta de un McDonald's donde celebraba su cumpleaños Gerard Puig. El maldito Gerard Puig. Ya me caía mal, pero, desde ese día, cargó con todas mis frustraciones.

Al abuelo Juan también le fui matando yo poco a poco, aunque a él sí que traté de dispararle a quemarropa en la mañana del atentado.

20

Hasta esa mañana en la que había decidido calzarse las viejas Adidas negras, no había reparado en lo mucho que echaba de menos escuchar sus propias zancadas de gacela sobre la hojarasca. O mirar a los ojos a algún perro nervioso que le ladrase tras las verjas de los chalets y devolverle una sonrisa. «Tranquilo, *txakurra*, que soy buena», les decía en voz baja. Le gustaba aspirar bien fuerte el olor a tierra mojada que la invadía camino del pinar, en esas cuestas abajo en las que la gravedad ejercía mayor poder. E incluso sentir los pequeños pinchazos en los pulmones, que le recordaban que debía aparcar los Chesterfield de una vez, cuando la pendiente se volvía pronunciada hacia arriba.

Cuando corría, el juez y el camarero se desvanecían. Solo existía su propio cuerpo.

Aquel pinar desdibujado junto a la autopista le dejaba sumar kilómetros con facilidad. Era un circuito mucho mayor que el parque del Calero, donde hubiera tenido que dar cinco o seis vueltas aburridas para hacer los ocho kilómetros que se había propuesto. Solo se había cruzado con una mujer en chándal rosa que trataba de andar rápido, una especie de marcha que le habría recomendado algún cardiólogo. Había también alguna fuente en la que parar a refrescarse la cabeza. Podía notar el agua helada penetrando directamente en sus neuronas para borrar cualquier atisbo de recuerdo en forma de los otros *txakurras*, los que se escondían detrás de cascos, escudos y pelotas de goma. Como los que aparecieron en la manifa de Donosti, cuando su cóctel molotov dio de lleno contra la luna de aquel autobús municipal que acabó calcinado y que abrió el Teleberri de Euskal Telebista esa noche.

—¡Le has dado, *tximeleta*! ¡Le has dado! —Aún podía ver el fuego reflejado en los ojos radiantes de Eneko, orgulloso de su puntería, instantes antes de salir corriendo.

Miró su cronómetro. Cinco minutos y medio por kilómetro no era un mal ritmo, siempre que no hubiera medido mal la distancia entre las torres eléctricas que había por el pinar. Casi no había perdido la forma. No llegaba a los cinco minutos y veinte segundos por kilómetro con los que se había entrenado para la Behobia-San Sebastián, pero los daba por buenos después de tanto tiempo parada.

Alguien le chistó.

Se hizo la sorda y apretó el ritmo. No podía ser para ella.

Le volvieron a llamar la atención. Esta vez, con un silbido fuerte. De esos que ella no había conseguido jamás metiéndose los dedos en la boca. Decidió subir otra marcha, aunque parecía que los pulmones no le iban a dar más de sí.

Nadie alrededor. Al otro lado del pinar, la A-2 con su carrusel continuo de coches.

¿La estaban persiguiendo?

—¡Lu... cí... a! —Una voz que se entrecortaba parecía querer detenerla.

Se giró y vio acercarse a un chico que corría hacia ella. Escaparse como la leona de la jaula del circo era una opción, pero que hubiera pronunciado su nombre la había tranquilizado.

En cuanto lo tuvo más cerca lo reconoció. En lugar de la camisa de cuadros amarillos con el jersey azul anudado al cuello, llevaba una camiseta roja con el dorsal 3100 estampado encima. Era de la San Silvestre Vallecana y tenía el mismo tono escarlata que su cara después del acelerón que se habría tenido que dar para alcanzarla.

Mateo mostraba una sonrisa tan amplia que parecía que iba a unir las ramas de los pinos a ambos lados del sendero, y verlo así le inspiraba mucha confianza.

—¡Joder, qué ritmo llevas! Me había parecido que eras tú, pero creía que no te iba a poder alcanzar —le confesó agachando la cabeza para coger aire—. Corres un rato, ¿eh?

—La verdad es que me gusta, sí.

—A mí también, pero tú estás a otro nivel. Pareces africana.

—Un poco más blanca, ¿no? —se rio Malen.

—¡Oye, que no te he vuelto a ver por la Escuela!

—Bueno, es que tengo asignaturas sueltas, tengo un horario complicado.

—Ya...

—Además, tengo un trabajillo también y...

—Joder. ¿Trabajas? ¡Qué máquina! Estudias Arquitectura, trabajas, corres como una jabata...

—Nada, no es nada.

—¿De qué curras?

—No es gran cosa... —No podía perder tiempo en divagaciones ni dudar mucho—. Doy clases a chavales que se preparan la selectividad.

—¡Vaya campeona! Oye, ¿el otro día entendiste algo de los momentos de inercia que explicó el de Fundamentos?

—No, qué va...

No podía seguir por ahí. Estaba vendida.

Un coche pitaba a otro detrás del pinar. Debían de haber estado a punto de colisionar.

—Tía, es que no me enteré de nada del ejercicio ese que se puso a hacer en la pizarra. Pero nada. Vamos, el principio sí, la fórmula de la esfera, pero luego el mamón se metió en su rollo y ni nos miraba ni nos preguntaba si lo estábamos comprendiendo.

Tía. La había llamado «tía». No sabía ni qué responderle. «Yo tampoco me enteré de nada», le había contestado mientras seguía fijándose en que llevaba el pelo mojado, no sabía si de sudor o de haberse refrescado también en una fuente, o quizá de las dos cosas.

Se le marcaban los gemelos. Y los brazos. No tenía cuerpazo de gimnasio, pero le gustaban más los tíos así. Eneko tampoco había pisado un gimnasio en su vida.

—Pues si quieres podemos echarle un ojo juntos en la cafetería... Esta tarde tenemos Fundamentos otra vez. Vas a ir, ¿no?

Tenía los ojos grises tirando a azules, igual que los de su padre. Y sin darse cuenta se estaba mirando en ellos: con la mano derecha se estaba pasando el pelo por detrás de la oreja, que le favorecía más.

—¿Hoy? Sí, creo que sí... Es que tengo un jaleo de horarios...

—Pues te busco por la cafetería en el descanso de las cinco, ¿quieres? Y lo miramos, a ver si entre los dos lo entendemos.

No. No podía decirle que sí. Claro que quería mirar los momentos de inercia con él, aunque no supiera ni de lo que le hablaba. Pero tenía que cortar aquello ya.

—Vale, pues luego vemos. Oye, te dejo, que me quedan seis kilómetros, ¿vale?

Y notó cómo los labios de Mateo iniciaban una trayectoria muy sutil hacia su boca para regalarle un beso de despedida. No tenía ningún sentido y en un primer momento se había quedado quieta, como esperándolo, pero, afortunadamente, cuando quiso darse cuenta, sus pies se habían puesto ya en marcha. Echó a correr rápido y notó cómo los pulmones le pinchaban avisándola de que no podría mantener ese ritmo por mucho tiempo. Pero quería mostrarle lo rápida que era.

—¡Dale, etíope! —le escuchó gritar a lo lejos.

21

Al dejar el álbum de fotos de vuelta en el armario, me encuentro la carpeta donde yo guardaba artículos, recortes y portadas. Lo primero que me encuentro es un *Marca*. «75 pesetas. Lunes, 29 de octubre de 1990. El Burgos destrozó al Madrid». El titular en letras gigantes ocupa toda la portada. Os gustaría verla. Antimadridistas, eso de que destrozó al Madrid os tiene que fascinar. A vosotros no os digo «antimadridistas de mierda», como sí me refiero al resto. Por algo sois mis hijos.

Guardo este *Marca*, porque es el primer periódico que compré. Fue en el kiosco de la esquina, que llevaba un tío joven que no sonreía jamás. Solo fumaba, cobraba y se pasaba al bar que tenía al lado a tomar cañas entre cliente y cliente, que parecían ponerse de acuerdo para interrumpirle comprando revistas y coleccionables. Se llamaba Rodolfo. Con ese nombre a lo mejor yo tampoco hubiera sonreído nunca.

Todavía no sé por qué compraría ese periódico habiendo perdido. Quizá me sentía ya un adulto llevando una moneda de cien pesetas y recogiendo las vueltas. Quizá fue producto de un instinto suicida y depresivo que nos recorre a todos cuando nos enfangamos en la derrota. ¿Búsqueda de consuelo en las declaraciones de los jugadores? ¡Anda que no habría días mejores para comprar mi primer periódico!

Dentro de la carpeta, desbordan muchos recortes con hojas ya más amarillas que blancas. Finales de Sergi Bruguera en Roland Garros. La final del Madrid en Ámsterdam. La Liga de Zamorano al Dépor. Pero hay otros recortes que se me escapan.

No son míos.

Fútbol, sí, pero femenino.

Eso no es mío. No entiendo nada. Como si el comisario de esta exposición hubiera cambiado y hubiese decidido dar un giro a mi colección.

Fotos del Real Madrid femenino. Del Atlético. Del Athletic de Bilbao.

«Estrella Campos, nueva capitana de la selección».

Está buena. Yo también la nombraría capitana.

«Malen Medinabeitia, nueva entrenadora del Barakaldo».

Es un recorte pequeño. Sin foto.

«El Madrid también ganó el derbi femenino al Atlético».

No sabía de esta pasión secreta de mi padre por el fútbol de mujeres.

Hay recortes de 2016, de 2017. Y otros, aún más recientes. Unos cuantos años de artículos y fotos. Jugadoras. Entrenadoras. Partidos.

«La Real no pudo con las guerreras del Barakaldo».

Otra vez el Barakaldo. Es bonita la camiseta. Rayas amarillas y negras. Parecen avispas. Quizá tengan algún mote así. ¿Cómo se dice avispa en euskera? «Erlea», leo en el teléfono. Abeja se dice «liztorra».

Liztorra. Erlea. Suenan bien.

Y Zuri me viene a la cabeza.

Coño, Zuri.

¿A cuento de qué esta fascinación de mi padre por el imaginario vasco?

Suena mi teléfono. Es el número del otro día: MGA. Sonrío antes de deslizar el botón verde. Pongo voz de distraído, como si no tuviera guardado el número. Nerea se muestra feliz de poder comunicarme que he sido elegido para formar parte de su equipo. Me hago el sorprendido, el agradecido. Que por ellos puedo ir a firmar mañana mismo, me comenta. No me hago el interesante y le digo que sí. Me va a venir muy bien el sueldo.

Lo necesito.

22

Le estaba tocando esquivar los charcos que habían comenzado a formarse en la acera. Un día como los de Bilbao. «Como en casa», se dijo. Sonrió al ver cómo dos chicas con faldas grises y medias azules se cubrían el pelo con carpetas forradas con fotos enormes de Enrique Iglesias. Corrían hacia el colegio de monjas que estaba a cien metros de La Valencita, y lo hacían con unas zancadas que llevaban el mismo ritmo que el repiqueteo de las gotas sobre los vehículos aparcados.

Unos coches más adelante, una madre arrojaba al interior de un Ford Fiesta blanco a dos niños de unos cinco o seis años con botas de agua amarillas. Se estaban peleando por un dinosaurio, segundos antes de acabar plantados en los asientos como fardos en un carguero. La madre corría después hacia la puerta del conductor tratando de que no se calara la falda de cuadros que debía de lucir en alguna sucursal del Banesto.

La lluvia venía por todos los lados. El aire que se había levantado dispersaba el agua y traía el olor de los setos mojados de la calle Torrelaguna, que aprovechaba para inspirar con fuerza.

Cuando ya estaba comenzando a correr hacia La Valencita, se detuvo como si un muro se alzase en su camino. Un Seat Toledo azul de la Policía Nacional estaba aparcado en doble fila frente a la cafetería.

Dentro del local, dos policías: el primero, corpulento, moreno y con una barba negra muy cerrada; el segundo, calvo y más bajito, pero con brazos enormes y perilla. Nunca había que fiarse de los calvos con perilla. Se lo había dejado muy claro el nazi de Edward Norton en *American History X*.

Los dos con jerséis azules y pantalones grises, como dos colegiales más.

Los dos sentados en los taburetes de la barra.

Los dos armados.

Quizá, como un acto reflejo al ver las pistolas, introdujo la mano bajo el brazo para sentir la rigidez de la Parabellum. Malen tampoco podía dejar de mirar cómo las esposas que colgaban de sus pantalones relucían incluso más que la tragaperras.

El corpulento, moreno y con barba cerrada hablaba con Juan, que le respondía riéndose, igual que acababa de hacer al barrendero, que también andaba por allí. La calva del bajito estaba girada hacia el otro lado de la barra. Seguramente estaba atento al informativo de las nueve.

Malen no podía dejar de mirarlos mientras su melena corta seguía absorbiendo agua. Estaba plantada en mitad de la acera, como otra arizónica más, hasta que los dientes comenzaron a castañetearle descontrolados, como un metrónomo a ciento veinte pulsaciones por minuto.

Al otro lado de la calle, las letras del rótulo luminoso del bar Don Bosco lucían a medias. La "B" y la "c" estaban fundidas y, en vez de Don Bosco, se leía Don oso. Dentro no había clientes y fuera reinaba tal olor a frito y guiso que conseguía imponerse al de la tierra húmeda. Tras el cristal, una camarera, con el pelo recogido de cualquier manera, se llevaba un par de tazas vacías de una mesa sobre la que acababa de arrastrar una bayeta rosa deshilachada y sucia. Bajo la puerta, una rata gris corría por delante del peldaño de entrada, y por un momento imaginó que era el moño de la camarera cobrando vida propia. La cola larga de la rata formó tres pequeñas olas con su serpenteo en el agua, que se acumulaba frente a la entrada, antes de desaparecer con agilidad por el hueco de una rejilla rota.

Cruzó la calle y entró en el Don Bosco, tratando de no mirar hacia la rejilla donde se había metido la rata.

—Un café con leche, por favor.

—No tengo churros —le dijo la camarera con el moño a punto de deshacerse.

—No te los he pedido.

—Ya, pero allí enfrente te los tomas. Te veo desde aquí.

Se quedó callada. ¿Todo el mundo se dedicaba a vigilar en ese barrio?

—Hoy no tengo mucha hambre.

—No puedes negar que te gusta la lluvia, ¿eh?

—¿Por?

—Te has tirado un buen rato ahí parada mojándote. Me estabas poniendo mala. ¿Querías cogerte una pulmonía o qué?

Sin apartar la vista del cristal, Malen le sonrió por esa bronca de madre que acababa de recibir y que, en cierto modo, echaba de menos. Aquella mujer tenía un punto de bruja con la chaqueta negra de punto que llevaba. Quizá fuera una de las *sorginas* a las que invocó el primer día en ese barrio, que ahora le había abierto un portal por el que escapar de la lluvia y de la policía.

—¿Te dejo una toalla para que te seques un poco?

Negó con la cabeza y le volvió a dirigir una sonrisa. No quería imaginarse cómo podría ser la toalla viendo los agujeros de la bayeta ya de por sí deshilachada. ¿Mordería alguna rata esas bayetas?

—No les quitas ojo, ¿eh? A mí me pasa lo mismo. No los soporto. No los deberían dejar entrar armados a un bar a tomarse un café. Se mire como se mire. —Malen no parpadeaba—. Me parece bien que necesiten un descanso, pero que guarden las armas en algún lado y entren como cualquiera de nosotros. Aunque peor son los que están con las metralletas esas enormes en la puerta de los ministerios. ¡Esos sí que acojonan!

Malen la escuchaba con la boca abierta mientras seguía encharcando el suelo del bar.

—Ya. A mí también me ha dado por pensar alguna vez que a uno de esos se le va a cruzar un cable y se va a poner a disparar como un loco a todo el que pase.

—¿Como en *Un día de furia*? —le sonrió con sus dientes amarillos.

—¡Eso es! Solo que, en vez de Michael Douglas, uno de esos con uniforme.

23

Tomate, lechuga y atún. Ensalada sencilla para la cena, algo simple que me deje descansar la cabeza de tantos planos de detalle de la fachada principal del polideportivo de Nerea. Sé que no puedo añadirle aguacate ni granada ni queso feta. El camarero de los ochenta pondría el grito en el cielo. El espárrago y el huevo duro son un poco neutrales, como Suiza. El maíz también, pero menos. Dice que no molesta, pero que tampoco aporta mucho. En su cabeza lo tiene degradado porque se lo echaba a las gallinas cuando era un niño.

En uno de los canales de fútbol he encontrado ahora un partido de la Copa de la Reina que aprovecho para dejar puesto. ¿Cómo reaccionará cuando entre en casa a la vuelta de misa y lo vea? Eso es lo que va aprendiendo el doctor Watson de Holmes: observación pasiva a las reacciones de los sospechosos.

Misa. Saxofón y misa. Saxofón y misa. Saxofón. Misa. El péndulo del salón marca así los días: saxofón por las mañanas, misa por las tardes. Si hace treinta años me hubieran preguntado cómo imaginaba la vida de jubilado de mi padre, nunca habría dicho que pasaría las mañanas yendo a clase de música. Habría dicho que las pasaría jugando a la petanca, como hacía el abuelo Rafael, o paseando por el barrio por las mañanas, en busca del pan y de *El País*, y que, por las tardes, se subiría al veintiuno para darse una vuelta por Goya o Narváez y acabar sentado en una cafetería frente a un chocolate caliente y una ensaimada con una novela de John le Carré sobre la mesa.

Lo de la misa no sé ni cómo interpretarlo. Si ya os costaría ver al abuelo en la iglesia un domingo, imaginad lo que supone verlo a diario. No sé de dónde le surgirá ese fervor religioso.

Hoy, muy sutil, me ha insinuado que por qué no le acompaño a la iglesia un día. Invita, pero no presiona. Me tiende la mano, aunque me deja torearle. «Si no hace daño a nadie. Como mucho es tirar media hora a la basura. Y otra cosa no, pero tiempo...», sus frases cíclicas. Al igual que las letanías que recitábamos en el colegio como borregos cada vez que había que responder a coro al padre Jesús: «El señor es mi pastor, nada me falta». Justo estaba recordando eso cuando el olor a su colonia de Christian Dior me ha traído de vuelta a la cocina.

Entra contento. «¡Qué buena pinta!», me dice al mirar la ensalada mientras me acaricia la nuca. No me encaja que esa mano suave y huesuda, que ahora me agarra el cuello, haya podido sujetar la Parabellum que esconde el mueble bar. Me agrada su gesto de cariño, pero a la vez me vuelve a salir un rechazo inconsciente que detesto. No voy a poder aguantar esta sensación mucho tiempo.

—¿Y esta mierda? —dice con los ojos puestos en el televisor.

—¿El qué? —le pregunto.

Estoy a punto de soltarle: «¡Pues tú sabrás, que tienes una carpeta enorme llena de recortes de fútbol femenino!»

—¡Este partido entre chicas!

—Sevilla-Valencia, semifinales de la Copa de la Reina. ¿No te gusta?

Mi padre me mira igual que si le estuviera hablando en checo. Me siento un alien recién salido del desagüe del fregadero.

—¿Desde cuándo me va a gustar a mí esto? ¡Si ni es fútbol ni es nada! —Y tose con mucha fuerza, no sé si del cabreo que le entra.

—Yo qué sé, no había otro partido que ver ahora.

Zuri ya sabe pedir comida y me da con el morro en la pierna. Le acaricio la cabeza y veo que las heridas de los nudillos están mucho mejor. Se pone a dos patas sobre mi muslo y le tiro un trozo grande de atún que no se acaba de atrever a probar. Se me ha ido la mano un poco con el vinagre. Menos mal que nos gusta a los dos.

No entiendo.

No entiendo nada.

Vende el coche. Guarda una pistola en el mueble bar. Y recorta artículos de prensa de fútbol femenino, que dice aborrecer.

Me toca mover ficha. Lo mismo para que se lance a contarme algo tengo que ser yo el que lo haga antes.

—Papá, en lo que acabo de arrancar con mi nuevo trabajo, he pensado que voy a saldar una cuenta pendiente: quiero escribir algo. Un ensayo, una novela. —No sé cómo lo he conseguido, pero he sacado fuerzas para superar ese viejo fantasma que tenía con él.

—Muy bien, mientras estés entretenido y te haga feliz...

—No. Creo que no me entiendes. No me lo digas como si fuera el capricho de un marqués mantenido que quiere ser feliz. No es mi caso.

—¡Yo no he dicho que sea un capricho tuyo, Mateo!

—¡El tono, papá! ¡Joder, el tono! No lo has dicho, pero lo has dejado caer...

—Que no, Mateo. Que te confundes. Bueno, relájate, anda. ¿De qué va a ir tu novela?

Y me pasa lo de siempre. Cabreado, ya no quiero seguir hablando. Pero, esta vez, hago el esfuerzo. No me acabo de reconocer.

—En fin... Había pensado en contar cómo cambió este barrio a raíz del atentado que tuvimos.

Su cara cambia. Se le contraen las cejas. Se le tensan cada vez que se irrita. Normal que tengamos más de cuarenta músculos en la cara.

—¿Me permites un consejo? —pregunta.

—Sí, claro.

—Pues mira, Mateo, a los muertos hay que dejarlos descansar.

—No tenía ninguna intención de hablar de los muertos.

—Entonces ¿para qué vas a hablar del atentado?

—Para hablar de los vivos. De los que quedaron y cómo quedaron.

—¡Peor me lo pones!

Y los ojos grises de cordero, que a ratos parecen azules, miran la televisión sin pestañear, no sé si atento a las jugadoras del Sevilla y del Valencia, que andan enzarzadas con el árbitro por una falta, o si abstraído porque su cabeza sigue repitiendo la letanía que habrá escuchado hoy: «El Señor es mi pastor, nada me falta: en verdes praderas me hace recostar». ¿Verá en el césped la pradera en la que se ha de recostar como buen borrego?

—Bueno, ¿qué tal en misa? ¿Qué te han contado?

Reconozco que empiezo a sentir un poco de curiosidad por verlo en ese ambiente espiritual, aunque acompañarle ahora mismo es lo último que me apetece. Y mucho menos en el único momento del día en el que puedo estar a solas con Zuri y tenerlo para mí.

Me mira arqueando las cejas en estado de alerta, como si pensara que le estoy preguntando por la misa para reírme de él.

—¿Ves? Mira ese pase que ha dado. Los cambios de juego son muy lentos. Juegan a otra velocidad.

No ha hecho ni caso a mi pregunta, pero tampoco me importa mucho lo que le hayan contado en misa.

—A ver, papá, igual no pretenden que esté a la altura del fútbol de chicos. Juegan, se lo pasan bien y hay un negocio detrás que hace que funcione. Cada vez hay más afición.

Mi mente se empieza a olvidar del partido y de mi padre y sigue dándole vueltas al proyecto de novela que quiero armar. Tendría que contactar con un familiar cercano de alguna víctima del atentado.

Ya en mi habitación, antes de dormir, mientras echo un vistazo al ensayo geotécnico que me ha enviado Nerea sobre los puntos en los que podrían ir las cimentaciones del polideportivo, me meto en la página de *El Mundo* a leer sobre el atentado. El juez, que tenía dos hijas, parece la opción más evidente. O el escolta, que también había dejado dos huérfanas. El chófer no me motiva. Ni siquiera era de aquí. Era del sur. ¿Y si era de Jaén?

También está el conductor del autobús escolar. El que pasaba por allí. Se llamaba Javier. Ni político, ni juez, ni militar. Solo un simple conductor de la ruta de un colegio. Eso me llama la atención. Falleció a la semana. Leo en el artículo que su viuda se llama Raquel. Algo mayor que yo. Puedo intentar dar con ella.

24

Al igual que Kai y Harri, que descansaban con los ojos cerrados sobre el alféizar a la luz del sol, ella también agradecía la luz que entraba por la ventana y calentaba todo el salón. Repasaba las notas una y otra vez. Cada vez más rápido, como si al hacerlo así pudieran pasar antes las horas. «Y, si todo va bien, el 25 de octubre por la tarde se acabará tu misión, *katua*», le había dicho Eneko a Malen junto al rompeolas del puerto de Santurtzi.

Ya estaba acostumbrada a que Eneko la llamara gata, y hasta le había cogido cariño a ese apodo. Lejos quedaba la primera vez que lo escuchó y que, cabreada, le exigió una explicación, que acabó dando por buena al enterarse de que solo se debía a sus ojos felinos.

Esa tarde del 25 de octubre había llegado. En cuestión de horas, se verían en el parque del Calero y, por fin, podría entregarle los informes de seguimiento. Lo esperaría junto a los bancos que había al lado de las puertas del auditorio que, en las noches de verano, se convertía en un gran cine al aire libre.

Al no haber recibido otras instrucciones, tendría que confiar en que Eneko apareciera por allí, a las diez, para corroborar, de primera mano, que era una tía totalmente válida y que ya estaba dejando de ser la *katua* que quemaba autobuses y enviaba cartas de extorsión para convertirse poco a poco en una prometedora *tigrea*, como las que se escondían entre los matorrales de los bosques de la India y saltaban poderosas sobre sus presas para poder llevar comida a sus cachorros.

A las diez de la noche. Antes, demasiada luz. Más tarde, los ojos entornados del presidio, las persianas de esas ventanas que todo lo divisaban, podrían confundirlos con una pareja de grafiteros. Las viejas reclusas siempre se asomaban después de cenar para comentar, comentar y seguir comentando. De alféizar a alféizar. Comentar lo que fuera. Daba igual. El caso era hablar y dejar de sentirse solas, como hacía el barrendero con Juan todas las mañanas en la cafetería.

Le costaba convencerse de que nadie tenía por qué imaginar que dentro de la mochila de Nike habría una pistola de 9 mm Parabellum o un cuaderno lleno de anotaciones con todas las horas de paso de un vehículo oficial del estado. Tan sencillo como simular que estaba enrollándose con Eneko en el banco mientras hablaban. Una pareja joven más metiéndose mano en ese parque venido a menos. Ella enroscándole las piernas en la cintura. Él tocándole el culo, que tan bien le marcaba aquella falda. Ella notando cómo Eneko se endurecía. Él pidiéndole más. Ella diciéndole: «No, no es profesional». Él pidiéndole ir al piso. Ella insistiendo: «No, allí no, es peligroso», por mucho que le costara responder eso.

El sol le calentaba las mejillas y el cuello hasta un punto que traspasaba la comodidad de la que disfrutaban Kai y Harri para adentrarse de lleno en el placer. Malen no podía dejar de pasarse la mano por el pelo y conseguir que su melena respirara, como su peluquero, Ibon, le pedía que hiciese de vez en cuando para que se le oxigenara. Siempre le sacaba su mejor sonrisa hablándole de los cotilleos del barrio mientras estaba en sus manos, envuelta en la capa negra y con el pelo mojado. Pronto volvería a verlo y se inventaría que sus semanas en Londres habían ido genial, que ya era casi bilingüe y que, al final, no había conseguido trabajo de *au pair*, sino en una congeladora de pollos en Watford, a las afueras. El Casco Viejo estaba bien, pero como el Soho nada.

Su melena respiraba, sí, suelta y libre. Libre como sus propias manos, que habían dejado de airearle el pelo para centrarse ahora en la nuca sobrecargada. Se masajeaba para tratar de soltar esos músculos agarrotados. También lo hacía con la parte delantera del cuello, con la garganta, que ahora acariciaba. Sus manos iban a su aire y no había forma de controlarlas. Como si fueran las de Eneko, que, después de jugar con la barbilla, volvían a subir y le palpaban los labios. ¿Cómo estaría Eneko? ¿Más guapo aún? Ella se mordía los dedos apretando un poco, como la *katua* que se convertía en *tigrea*. Lo justo para marcar su territorio, para dejar constancia de que la mandíbula de una *tigrea* es mucho más poderosa. Los dedos huían asustados de los dientes y buscaban protección bajando por el interior de la camiseta negra, por encima del sujetador. Y Eneko comenzaba a desdibujarse, igual que los trazos que de niña hacía sobre la arena en la playa de Ereaga, cuando cruzaban el Puente Colgante desde Portu, y que las olas acababan borrando siempre. Ahora dibujaba a Mateo, que era quien estaba acariciando sus tetas como si hicieran un pequeño reconocimiento inicial, antes de asaltar el interior del sujetador. Podía notar cómo los pezones se le estremecían con la saliva que los dedos retenían aún de sus propios mordiscos. Las manos bajaban por el vientre despacio pero sin freno. Jugueteaban con el ombligo antes de parar en seco, como hacía siempre al llegar a sus bragas. Ella quería que siguieran sin pausa, pero las manos se detenían a palpar el encaje negro. Como si a los dedos les gustara adivinar el tipo de tejido, como si quisieran saludar a los labios por fuera, desde la distancia de la seda, esperando una llamada desde ese otro lado cada vez más húmedo.

No aguantó mucho más, echó la cabeza hacia atrás y escuchó cómo la melena chocaba contra el respaldo de piel de ese sillón viejo mientras los dedos hacían ceder la cinturilla de las bragas para tocar, por fin, aquellos labios suaves que los estaban esperando, que los succionaban y a su vez los empapaban en aquel arroyo capaz de destruir todo a su paso.

Ojalá fuese la mano de Mateo quien la estuviera haciendo gritar de esa manera hasta correrse y liberarse por fin, sin importarle lo más mínimo que en aquel convento pudiera escucharla alguna de las viudas. ¿Y si Mariano la escuchase y volvía a sufrir un infarto? No era su problema. Como si ahora llegaban los GEO dispuestos a echar la puerta abajo.

25

He vuelto a correr. Llevo ya varios días y no hay quien me pare. No lo hacía desde que me apuntasteis a la Cursa Bombers hace dos años para que la corriéramos juntos. Queríais recuperar a vuestro padre, que hibernaba igual que un oso pardo tras la separación de mamá, y aunque nunca os haya dado las gracias por ello, es un recuerdo que tengo guardado bajo llave. Para vosotros sería una mañana más, pero yo aún recuerdo cómo bajaba por Via Laietana con una sonrisa de bobo, presumiendo de hijos ante quienes animaban por las calles en uno de esos momentos en los que Barcelona se transformaba y sacaba su lado más amable.

Correr es como airear una habitación por la mañana después de una noche de invierno con la puerta cerrada: dejar que se vaya el olor del pijama de cuadros de varios días, del polvo de la manta, del vinagre de los pepinillos que todavía guardan los vaqueros doblados sobre la silla del escritorio. Cuando me pongo los calcetines, a mi cabeza le debe de pasar como a Zuri, que se vuelve loco de contento en cuanto me ve coger su correa por las noches para el último paseo del día. Su propina.

Según doy zancadas, mis neuronas se van liberando y corretean de un lado a otro, me hacen saltar charcos, pisar el asfalto que dejan libre los coches, dar un brinco para arrancar la última hoja que queda sobre una rama casi desnuda.

Cada día me llevan por caminos distintos. Será para no acomodarse. A veces tiran por Arturo Soria, bajan por Alcalá y ellas solas me meten en la Quinta de los Molinos. Y allí, en ese parque que es de verdad y no de postal, cuando los almendros no están en flor, empiezan a maquinar sobre cómo meter a una viuda en la novela, porque una viuda le viene bien al lector: una buena viuda es vida y muerte, y eso, a fin de cuentas, es sobre lo que se cimientan las historias. Otros días, cuando estoy más cansado, tiran para El Calero. Ellas también deben de andar agotadas y no quieren mucho jaleo. «Carrera suave y vuelta, por favor», parecen decirme. Bastante han tenido con echar números para calcular el forjado reticular del polideportivo de Jaén que me reclamaba Nerea.

Hoy han tirado hacia el pinar del Conde de Orgaz, por el que no pasan los años. Solo ha cambiado la parada del autobús, que antes no tenía marquesina y sobrevivía con un triste poste del ciento quince, desafiante al meneo de los coches y los camiones y a esa panda de salvajes que esperaban el autobús a la salida del colegio. Ahora uno puede hasta sentarse en la parada y no calarse en días de lluvia, si es que vuelve a llover, porque empieza a parecer cosa del pasado.

Las torres eléctricas continúan en pie sin ser soterradas, por mucho que lo prometieran los de Unión Fenosa.

Como la acequia que había tras la pequeña hondonada.

¿Seguirá el pequeño picadero que había allí? Hago unas series de esprints alrededor para disimular e irme acercando.

Esprinto trescientos metros.

Recupero andando.

La acequia sigue sin agua veinte años después.

Esprinto otros trescientos metros.

Y me asomo.

Claro que sigue el picadero. Está igual que entonces. Con algunas ramas caídas y unas cuantas piñas. Y me veo allí. Con la camiseta de la San Silvestre roja, que tanto usaba para correr.

Y allí está ella. Con una camiseta amarilla de la media maratón de San Sebastián. Solo nos hemos cruzado una vez en la Escuela y algunas veces corriendo, que yo he tratado de provocar. Solo hemos intercambiado unas pocas conversaciones, pero los dos sabemos que ha sido suficiente. La tomo de la mano y la conduzco hacia un punto aún más escondido, donde nadie nos puede ver. ¿O es ella la que me lleva a mí? Ahí los pinos no dejan casi pasar la luz. Si no fuera por el ruido de los coches de la A-2, podría pensar que nos encontramos en Cercedilla o en los montes de Valsaín. Lucía me besa y, por fin, saldamos cuentas. Era el beso que habíamos dejado pendiente días atrás.

Esto no me atrevería a contároslo en persona, pero me muerde el labio. Poco. Lo justo para dejarme claro que ella domina en esa pareja que acabamos de formar, aunque sea por unos minutos. Estoy más excitado de lo que creía que podría estar nunca. Hasta me duele. Toda la sangre, bajo los pantalones negros cortos, da forma a mi erección.

Me empuja hacia el suelo y se me sube encima. Le beso el cuello. Adiós a la media maratón. Adiós a la San Silvestre. Lleva un sujetador deportivo. Morado. Acaricio el logo de Nike, el logo de la diosa de la victoria. Porque, a fin de cuentas, eso es una victoria.

Parece muy excitada. Como yo. Sus pechos son pequeños, dos naranjas de zumo. Somos dos perros en celo, de los que ladran en las verjas de los chalets, que se dan dentelladas en vez de besarse. El hormigón de la acequia se me clava en la espalda. Pero me da igual. Soporto el dolor. Me baja con prisas los pantalones deportivos y asoman los bóxers negros que me pongo para correr.

Nunca lo he hecho antes y parece que ha llegado mi momento. «Es de acero», le digo para disimular mis nervios mientras me baja los calzoncillos y la erección salta a la vista. Se ríe, pero me pone la mano en la boca, haciéndome callar. «Oye, que no llevo condones…», le digo con miedo a arruinar lo que tanto deseo. ¿Para qué hablaré? Y me vuelve a tapar la boca, como si le estropeara ese concierto de coches que pasa por la autopista. Se separa un poco y se ensarta en mí.

Yo, que solo iba con la intención de hacer siete kilómetros y me encuentro con que estoy follando por primera vez en mi vida. Y ella comienza a gemir. Cada vez más alto. Cada vez más fuerte. Como si quisiera que la escuchasen los conductores que pasan por la A-2, como si les dijera: «Jodeos, que vais a trabajar». Y yo sonrío. Con cara de bobo. De pringao que ya no lo es tanto. Que se rían del pringao. Rápido. Cada vez más rápido. Parece que quiere adelantar a los coches que van por el carril izquierdo.

«¡Estoy casi!», la aviso ya tarde. Y exhibe una agilidad felina. Parece una pantera que salta a otra rama. Se aparta y yo estallo y derramo toda mi felicidad. Y ahora, como entonces, eyaculo justo en ese mismo sitio que hace veinte años y que está en el panteón de mis recuerdos.

Y esa liberación de endorfinas me hace olvidar todo. Olvidar la pistola, olvidar a vuestra madre con su nuevo novio, olvidar mi piso de alquiler. La cuenta de ING llena de números rojos un día sí y otro no. La llamada agobiante de Nerea preguntando por la fecha en la que le voy a entregar los alzados de la fachada del polideportivo. Y simplemente sonrío recordando una victoria tan dulce. La vida, a veces, es más sencilla de lo que parece. Habría que resumirla en eso, en la suma de esas pequeñas victorias dulces. Mis pulsaciones van recuperándose con percusiones cada vez más suaves y pausadas. Y me subo los calzoncillos tan poco seductores que llevo ahora y tan incómodos para correr. Tengo que comprarme unos nuevos.

Ya no me apetece retomar las series. Solo quiero quedarme ahí, sentado en esa acequia, viendo cómo mi semen se va secando sobre el hormigón y va desapareciendo, como lo harán las piñas que se acumulan en el suelo. Siento cómo mi respiración se va normalizando; por mucho que me gustase seguir agitado, si pudiera echar el tiempo veinte años atrás y verla aparecer ahora, otra vez, con esa camiseta de la media maratón de San Sebastián, lo haría.

Cierro los ojos y trato de recordarla con sus ojos de gata, la melena corta y las facciones tan marcadas. Y con esos pechos que pude atrapar por primera vez en mi vida.

Echo de nuevo a trotar mientras me pregunto si vosotros seguiréis vírgenes o no. Al final también fracasé en eso. Aunque me propuse hablaros de sexo abiertamente, nunca lo conseguí y jamás salió de vosotros preguntarme casi nada. Pero no os culpo. ¿Qué hijo prefiere contarle a su padre, en vez de a un amigo, que anoche folló con la bajista del grupo que tocaba en el Absenta o con la que se sienta en segunda fila en clase y a la que aún no le pone nombre?

Ojalá, al menos entre vosotros dos, no existan esas barreras.

26

Un póster de *Gladiator*, que brillaba bajo una de las farolas del parque, era el último recuerdo de la temporada de cine de verano. Parecía a salvo de pintadas y, aunque se empezaba a despegar por la esquina superior izquierda, seguía mostrando a un Russell Crowe imponente con su traje de gladiador, como si estuviera desafiando con su espada a quien se atreviese a cruzar las verjas rojas del auditorio cerrado por vacaciones.

Había visto *Gladiator* en los Mikeldi con Irati y Ane por mayo. Les había encantado. Como siempre, Irati se había hecho la interesante, diciendo que Russell Crowe no era tan bueno interpretando, solo que les ponía a todas por lo tremendo que estaba. Le gustaba dárselas de intelectual. ¡Qué lejos le quedaba ahora ese momento! ¡Y qué lejos estaban Irati y Ane, que la debían de seguir imaginando de *au pair* en Londres! Seguro que le echarían en cara no haber dado señales de vida en todas aquellas semanas. «Malen, hija, mira que eres borde», le dirían a la vuelta. «Vale que no nos hayas llamado, pero, tía, que no nos hayas mandado ni una puta postal...».

Miró hacia ambos lados, también a lo lejos. No parecía que hubiese movimientos. Faltaban aún quince minutos para las diez. Igual Eneko la estaba esperando dentro de uno de los coches aparcados frente a los bares para asegurarse de que era ella antes de salir a su encuentro.

Tom Hanks, desde el cartel de *Náufrago*, con el ceño fruncido y unos ojos claros que parecían reflejar un barco que nunca llegaba, la inquietaba más que Russell Crowe. Con esa barba a medias, debía de llevar pocos días en la isla, y su angustia atravesaba el cartel hasta llegarle al pecho. Pero ella estaba ya en mejor situación que Tom Hanks. Se había hecho con el barrio. Ya sabía ir de Virgen de la Consolación a Virgen de África sin ningún titubeo. O podía llamar a la puerta de Remedios para pedirle un poco de sal, o a la de Sagrario para llevarle el pan que a veces le encargaba. Y había comprobado que no se vivía mal de viuda. VIUDA DE ENEKO SOLAETXE podría figurar en su buzón. Así, sin nombre propio ni apellido. Sin personalidad alguna. Siendo un número más en la fábrica de pollos congelados de las afueras de Londres, con una tarjeta de empleada colgando de su cuello mientras envolvía en film transparente una pechuga viscosa tras otra, con su melena corta bien recogida en una redecilla blanca y sus dedos vivos aprisionados en unos guantes de látex blancos llenos de baba de pollo.

Alguien silbó junto a la verja del auditorio.

Allí estaba, bajo la luz naranja de la farola. Con una barba a medias que no le acababa de salir del todo y rapado, sin melena alguna. Mucho más guapo que el náufrago del cartel. Ya quisiera Tom Hanks. Le dio un beso rápido, como si al hacerlo pudiera deshacerse de los nervios que la carcomían. Igual que si estuvieran paseando por Arrontegi o por Arrandi. Él no se lo negó, pero sí que le levantó la mano al ver que le iba a tender ya la bolsa de Nike.

—No, *katua*.

—¿Te sigue alguien?

Se quedó paralizada, como una controladora aérea a la que un piloto acabase de comunicar que tenía que hacer un aterrizaje de emergencia.

—No, tranquila. Todo en orden.

—¿Entonces?

—Lo siento, *txiqui*, es que no hay quien los entienda.

—¿A quién?

—¡A quién va a ser! ¡A los de arriba!

Se sentaron en un banco lleno de pintadas frente a Russell Crowe y Tom Hanks. Los cuatro juntos. Eneko la miraba con sus ojos cobre sin apartarle la vista. No parecía preocuparle lo más mínimo que alguien lo hubiera podido seguir. Le pasó el brazo por encima del hombro. No sabía si lo había hecho para disimular, para calmarla o para preparar el terreno en busca de un polvo con ella un rato después. Pero no le importaba, todos los sentidos los tenía puestos en no escuchar lo que finalmente Eneko acabaría pronunciando: «La operación se ha caído».

27

Me entra un correo electrónico en plena discusión con Nerea sobre la carga al viento que he tomado como hipótesis para el cálculo de las fachadas laterales. Es de Raquel, la viuda del conductor del autobús escolar. Acepta mi proposición de vernos para charlar un poco sobre Javier y lo que vivió aquellos días. Esa misma tarde, si me parece bien.

Comienzan a sudarme las manos cuando la leo tan decidida, aunque sea en el cuerpo de un simple correo electrónico. Le contesto que sí, pero, según avanza el día, no lo veo tan claro. Ni siquiera sé lo que busco. Ella tampoco me pregunta ni me pide nada. Acepta, sin más. No me voy a preparar ningún guion, confío en que las palabras me vayan saliendo de las tripas.

Me veo un poco más gordo y no me gusta sentirme así. Me tiro más de media hora mirándome en el espejo con todas las combinaciones posibles de las pocas camisas y pantalones que traje en la maleta. Es absurdo, completamente absurdo. Me echo la colonia de Dolce & Gabbana, que últimamente se me olvida, y reviso que ningún pelo me sobresalga de la nariz ni de las orejas, no lo soporto. En mi cabeza, Raquel tiene veintisiete años y yo veinte, la edad que teníamos el día que el tiempo se paró por culpa del atentado. Es fácil echar cuentas y pensar que ahora ella rondará los cincuenta y yo algo menos, pero solo puedo imaginar que he quedado con una tía de unos treinta y cinco años sin hijos, no con una madre de cuarenta y nueve con dos niñas. Quizá eso explique que me obsesione tanto gustarle de entrada.

Me propone quedar en La Valencita y le digo que ya no existe, pero que unos chavales del barrio abrieron La Nueva Valencita un poco más arriba y que, a diferencia de la anterior, sí tiene una terraza donde podríamos sentarnos a charlar.

Raquel aparece con un *beagle*, que se tumba bajo la mesa. Se llama Axel. Lo primero que hace su dueña es pedirle al camarero que le rellene de agua un cuenco plateado que ha colocado bajo la mesa. Me gusta el detalle. La gente dice que las primeras impresiones no son de fiar, pero yo discrepo. Hay detalles que no solo son de fiar: son letales.

Nos pedimos dos dobles de cerveza y me tiro a la piscina diciéndole que ya he empezado una novela sobre el atentado y que yo era un vecino del barrio que estaba en su casa en aquel momento de la explosión. A treinta metros de donde aterrizó el coche. «Casi en el palco de honor», me arriesgo con una sonrisa. Que no quiero contar en mi novela detalles morbosos ni dramáticos de la bomba. Que lo que quiero es hablar desde otro punto de vista, como el que pudiera darme ella. De su vida. De lo que ella quiera contarme. En realidad, no sé ni lo que pretendo hacer con esta novela.

Raquel lleva unas gafas de sol de Prada (muy parecidas a unas que le regalé a vuestra madre por su cumpleaños), una blusa blanca de Massimo Dutti por la que asoma un sujetador rojo y unos pantalones de cuero negro que le marcan los muslos. Se saca un paquete de Marlboro del bolso (punto negativo), me ofrece un cigarro y yo entorno los ojos a modo de «no» y de «gracias», apoyado con esa media sonrisa gilipollas que me gustaría no poner, como el otro día cuando conocí a Nerea, pero que me salta como un resorte, igual que el golpe en la rodilla que te dan con el martillo en las revisiones médicas para comprobar que aún sigues teniendo reflejos.

No hace falta que le pregunte nada. Rompe a hablar.

—¿Tú sabes lo que es verte de pronto, de la noche a la mañana, en un tanatorio abrazada por todos los políticos que ves en la tele?

—Fueron muchos, ¿verdad?

Un camarero de unos dieciséis años, al que le está empezando a salir la barba, nos trae las dos cervezas y un plato de patatas y otro de aceitunas. Podría ser uno de vosotros.

—¡Es tan raro! Te crees que estás dentro de una pesadilla y que pronto despertarás. Llevas una vida tan normal y en un instante te ves en un tanatorio con la presidenta de la Comunidad de Madrid, el alcalde, el ministro del Interior. Los ves venir serios hacia ti. Los notas nerviosos. Y, en realidad, acabas siendo tú un poco quien los ayuda. Ves que para ellos también es un mal trago.

—Nada tiene sentido. —Empiezo a sentirme uno de esos periodistas que en los programas de entrevistas dejan hablar al invitado para tratar de sacar lo mejor de él.

—Claro que no. Es algo que no te entra en la cabeza. La mente no está preparada para algo así.

Veo el plato de las aceitunas sobre la mesa y me cuesta resistirme a probarlas. Su verde brilla tanto que puede considerarse una ofensa no llevárselas a la boca. Pero también me parece una falta de respeto ponerme a comer aceitunas mientras me habla de sus tormentos.

—Pero los políticos están para eso. Tienen que ir.

—No lo dudo, pero es como si te cambiaran a otra dimensión. Los ves todo el día en la televisión, en inauguraciones, en plazas de toros abarrotadas dando mítines y, de pronto, salen de la pantalla y están acercándose a hablar contigo. ¡A darte un abrazo en un tanatorio porque ya no vas a ver nunca más a tu marido! Cuando tú estabas llevando una vida corriente, tan alejada de un momento así... No estás preparada.

—¿Cómo era Javier?

—Bueno, a ver, lo primero, esto que estás haciendo es para una novela, me dijiste.

—Sí, eso es.

—Pero ¿en plan Javier Cercas o qué?

—¡Ya quisiera yo! Te gusta leer, ¿verdad?

—Mucho. Por eso acepté verte. Me llama mucho la atención que alguien pueda tener la capacidad de conseguir expresar todo esto en un libro ahora.

—Bueno, voy a confesarte que no tengo nada planificado. Quería verte, mirar un poco lo que me transmitías y, sobre la marcha, ir tomando decisiones.

—Pero entonces quieres meter la investigación dentro de la novela o algo así, ¿no?

—Ni yo lo sé, Raquel —admití.

Los pantalones se me han pegado a la silla blanca de plástico recalentado. Me sudan las piernas y hago por airearlas un poco, moviéndome muy sutilmente para no cortarle el ritmo. ¿Cómo podrá aguantar ella con esos pantalones de cuero? No me lo explico.

—Pues puedes ir haciéndome preguntas, ¿te parece? Que vengo aquí en plan estrella y lo suyo es que me vayas preguntando, digo yo.

Raquel sonríe y se lleva una patata a la boca. Queda abierta la veda.

—Ya te he hecho una. ¿Cómo era Javier? —le repito mientras cojo una aceituna verde. Está muy buena.

—Un poco típica, ¿no crees?

—Ya. No es que me dedique a hacer entrevistas.

—Mira, mejor me voy a preguntar yo y me voy a responder yo. —Y sonríe de nuevo. Con mucha sinceridad. Y a mí también me sale sonreír al verla así, tan llena de vitalidad—. A ver, fuera de broma. Javier era terco, igual que una mula, muy cabezón, tremendamente cabezón. Era noble, sencillo. Sin grandes ambiciones. Bueno, obvio, ¿no? ¿Qué conductor de autobús puede tener grandes ambiciones? —Vuelvo a sonreír al escucharle ese comentario.

—Pero podía tenerlas fuera de su vida laboral.

—Le encantaba viajar. Trabajaba para ganar dinero con el que viajar. Y, cuando lo hacíamos, le encantaba perderse, hablar con la gente que nos encontrábamos. Le gustaban los idiomas. ¿A ti te gusta viajar?

—Mucho. Luego rehiciste tu vida.

—Mateo, dime un sitio al que te gustaría ir y no hayas estado.

—Vietnam. ¿Y tú?

—Alaska.

Y, al escucharle decir Alaska, me imagino allí con vuestra madre. En una tienda de campaña, entre osos *grizzly* y alces. Acercándome con un cazo metálico a la ribera de un río enorme para coger agua fresca, venga a mirar hacia atrás por si un oso intentase atacarme porque se crea que le quiero robar los salmones. Otro de los muchísimos viajes que teníamos en mente, pero que no conseguimos hacer.

—Luego te volviste a casar, tuviste dos hijas.

—Pues sí, eso es. Me volví a casar, tuve dos hijas y luego me separé. Vienes bien documentado. Te estudiaste el artículo de *El Mundo*, ¿no? ¿Tú estás casado?

—Yo también estoy divorciado y tengo dos hijos. Parecemos dos concursantes del *Un, dos, tres… responda otra vez*.

—Bueno, yo te gano: viuda y divorciada. —Le agradezco con una sonrisa, no de gilipollas esta vez, ese humor suyo que me lo está poniendo tan fácil—. Y sí, claro que me acuerdo de Javier. No te voy a decir que lo haga a diario, o, bueno, sí. Sí te lo podría decir, es una cicatriz permanente. Me acuerdo muchas veces.

—¿Cuándo?

—¿Cuándo? Pues, para empezar, cada vez que me cruzo con un autobús. Es obvio, ya lo sé. ¡Claro que es obvio, qué gilipollez! Pero, cada vez que veo uno, te juro que se me sigue pasando por la cabeza que puede ser Javier quien lo conduzca. Y te prometo que necesito mirar si es él. Incluso alguna vez me ha dado un vuelco el corazón porque he visto a algún conductor que se le parecía y he acabado corriendo detrás hasta poder confirmar que no era él.

—Uf...

—Ya. Te parezco una loca.

—No, no. ¡En absoluto!

—En fin, además de eso, en las fechas típicas que te puedes imaginar y que remueven a todo el mundo: su cumpleaños, mi cumpleaños, nuestro aniversario... Mira, me acuerdo siempre de él cuando paso por una heladería que hay en Pintor Rosales que nos encantaba. ¿Cómo se llamaba? Esta que tiene un oso polar grande junto al nombre. Bueno, claro, y cuando gana el Madrid.

—¿Era del Madrid?

—Como todos. Es lo fácil, ¿no?

—Veo que tú no.

—Bueno, yo no hago mucho caso al fútbol. Paso bastante, la verdad. Es un coñazo. Pero los días clave estos en los que hay que ir con alguien soy del Atleti.

Después de tres dobles de cerveza, aceitunas, patatas y tortilla, nos levantamos de la terraza de La Nueva Valencita. No me deja pagar. Quiere, a cambio, un ejemplar de la novela antes de que salga publicada. Le digo que dudo mucho que consiga publicar algo, pero que, siempre que no me censure nada, acepto el acuerdo. O el reto, más bien. Y justo cuando nos estamos despidiendo, y Axel se estira después de hora y media tumbado, consigo romper mis miedos y le pregunto por la pistola que esconde mi padre.

—Apareció un arma por la zona días después, ¿no? —le suelto usando el clásico truco de periodista que da por hecho cosas que no son.

—¿Un arma? —Me mira extrañada.

—Sí. Una pistola.

—Ni idea. —Y niega con la cabeza; le importa muy poco el tema. Como si de nada sirviera ahora meter un arma en la escena del crimen. Parece tener muy claro que no tiene ninguna influencia en su vida, y mucho menos en la ausencia de Javier.

Nos despedimos con dos besos y Axel aprovecha para moverse inquieto de un árbol a otro ante esa explosión de olores nuevos para él que nosotros nunca podremos distinguir. Raquel me ha dejado material de sobra para escribir y, sobre todo, la puerta abierta para volver a quedar y contarme más cosas: suyas, de Javier, de sus hijas.

28

«La operación se ha caído». Las palabras de Eneko no ayudaban a llenar, al otro lado de las rejas, ese auditorio inmensamente vacío e iluminado por las tristes farolas. No, no le iba a dejar subir a su piso con el cabreo que tenía. Que le dieran a él y a los del aparato político. Pero ¿a cuento de qué iban a dar marcha atrás ahora? ¡Había tirado todas esas semanas en una misión que no había servido para nada! ¿Cómo iba a aparecer ahora de vuelta por Barakaldo? «No, no estaba a gusto en Londres, nada como en casa». ¿Cómo iba a decir semejante chorrada cuando la vieran por allí?

Iría a hablar con quien hiciera falta para que le explicaran por qué no se había podido ejecutar esa misión. ¡Y ya tendría que ser bueno el motivo para que la convencieran!

—¡Joder, yo lo haré! —le dijo a Eneko sin pensarlo mucho.

—No, *katua*, tú no puedes —contestó haciendo un gesto con la mano para que bajara la voz.

—¿Que no puedo? —Malen abrió aún más los ojos verdes rasgados. El golpe había sido muy bajo—. ¿Acaso no sé disparar? —preguntó casi susurrando, pero, al mismo tiempo, elevando la voz, cada vez más irritada.

—¡Coño, que no es que no puedas hacerlo! Que las cosas no son así... —contestó Eneko procurando no subir la voz—. Malen, aquí no debemos hablar de esto —la avisó mirando alrededor.

—¡Me da igual, joder! ¿Es que no vamos a poder hablar? Encima de que no se va a hacer ya nada, ¿tampoco podemos comentarlo?

Por momentos, parecía que Tom Hanks y Russell Crowe fuesen a entrar en la conversación a tomar partido por alguno de ellos. El náufrago se inclinaba por la prudencia y por mantener la calma, ya surgiría la oportunidad de nuevo. Pero el gladiador quería acabar con el trabajo empezado.

—¿Te tengo que recordar quién era la mejor en las Landas? ¡Hostia! Quizá lo que pasa es que yo sí tengo los cojones que otros no tenéis. ¿Me he tirado casi un mes aquí recluida para nada?

—Malen, seguro que tus informes son cojonudos, no lo dudo. Estarán impecables. Pero a veces las cosas salen y otras no. Nosotros no somos quienes tomamos las decisiones sobre lo que se acaba haciendo o no.

Eneko no la miraba a los ojos. Solo vigilaba a lo lejos a un chico que paseaba a un pastor alemán que ya no era cachorro y que ella había visto alguna vez por el parque.

—Dime lo que hay, joder. Eneko, creo que me he ganado saberlo, ¿no?

—No lo sé. Créeme, yo no sé mucho.

Malen lo miraba convencida de que acabaría contándole lo que escondía. Siempre lo hacía.

—Parece que están negociando justo estos días con el gobierno y que ahora no es el momento.

—¡Pero es que nunca va a ser el momento!

—Además, el juez está muy protegido. No parece que se pueda resolver con un tiro en su portal.

—Si solo lleva un escolta, joder. ¡Ni que llevara tres guardaespaldas!

—No es solo por la protección, también es que... —Eneko bajó la voz y miraba para todos lados—. Parece que la negociación no va a ninguna parte... Como que ya saben que no van a conseguir nada. Así que buscan un..., cómo decirte, pues un «¡Ah! ¿Que no negociáis con nosotros? Pues toma regalito».

—Un poco de repercusión, vaya.

—Pero no tenemos infraestructura ahora para eso.

—Pues si quieren repercusión, les damos repercusión, hostia. ¿Qué es lo que quieren? ¿Un coche bomba?

Eneko dejó de observar al chico del pastor alemán, que ya se alejaba, y la miró a los ojos, pero sintió cómo la mirada de él bajaba a sus manos sin pretenderlo. Se puso nerviosa. Como si acabara de ofrecer sus dedos para accionar el detonador de un coche bomba. Y eso ya eran palabras mayores.

29

Lo segundo que hacen los detectives de las novelas es regresar sobre sus pasos en busca de algún hilo invisible que se les haya podido escapar. Raymond Chandler jamás habría dejado que Philip Marlowe hubiese obviado tan alegremente una carpeta con recortes de fútbol femenino, como hice yo hace unos días.

Vuelvo de nuevo al armario, igual que un triste clavo de latón atraído por ese enorme imán que es la carpeta de los recortes, la abro y comienzo a esparcir por la mesa del comedor todo lo que vuestro abuelo ha ido guardando religiosamente, como si fueran estampas de romerías suyas pidiendo un milagro que desconozco. «Estrella Campos, el alma de España». Suena a marca de cerveza de verano. «Un derbi empañado por el árbitro». Cristasol.

Hay un nombre que empieza a repetirse: Malen Medinabeitia. Sale en fichas de partidos del Éibar, primero; del Alavés, después. Nueva entrenadora del Barakaldo CF Femenino. Apenas se la ve. Fotos muy pequeñas en blanco y negro, de cuerpo entero, ajustadas al espacio mínimo de compromiso que le dedican el *As* o el *Marca* al fútbol femenino.

Nació en 1981, encuentro en una página web. Llegó a estar en alguna convocatoria de la selección española. Hay declaraciones suyas en algunos medios. Banales. Superfluas. Como todas las de los protagonistas del *Marca*, el *Sálvame* con el que dejamos descansar nuestras mentes exhaustas. «No merecimos perder». «Las chicas estuvieron muy bravas». «Salvarse este año será una cuestión de vida o muerte». Vida o muerte. Y me viene de nuevo a la cabeza la puñetera pistola del mueble bar. Todo sería tan fácil como arrinconarle y pedirle que me lo explicara. A veces me imagino esperándole detrás de la puerta y apuntándole según entrase en casa: «¿Qué cojones hace esto aquí, papá?». Con solo imaginar la escena, se me cierra la garganta.

Estoy buscando ponerle cara a Malen Medinabeitia cuando suena el teléfono fijo. El que nunca cojo. El que ya casi nunca suena.

Pienso en mis tíos de La Puebla, que son ya mayores. Primer tono. Pero no cojo la llamada. Segundo tono. El abuelo tiene que estar al llegar. Tercer tono. ¿Y si es él quien llama? Cuarto tono. No sé qué me pasa con las llamadas, que nunca quiero cogerlas. Quinto tono. Salta el contestador con la voz de mi padre, más joven que la de ahora: «Hola, soy Juan. En estos momentos no te puedo atender. Si quieres, déjame tu mensaje después de oír la señal. Gracias».

Y escucho quién está al otro lado del teléfono: «Buenas tardes, Juan. Soy Andrés, el párroco. Mira, te llamaba porque esta tarde tengo un compromiso médico y llego justo a la misa. Por no tenerte esperando, que, como es miércoles... seguro que venías a confesarte. Nos vemos luego. Un abrazo. Ya me contarás».

Según cuelga, me tengo que sentar en la cama. Ya no me apetece seguir jugando a sentirme Philip Marlowe.

¿De qué se tiene que confesar cada miércoles?

Parece como si Zuri hubiera estado jugando con los recortes, según los veo todos desperdigados.

¿Dónde iba el otro día cuando se marchó corriendo de su clase de saxo y se metió en el metro?

Me siento perdido.

¿Por qué quiere vender su Renault 21?

Detrás de la ventana, rompe a llover. Con ganas.

¿A cuento de qué se ha agenciado un cachorro de labrador que le dé felicidad? ¿Y a quién se lo dejó el otro día?

Llueve al igual que lo hacía en Zaragoza cuando pasábamos con el autobús y se veían las torres del Pilar al fondo.

Y casi sin darme cuenta noto cómo el nudo que tenía en la garganta se ha ido ablandado. Tormenta en el barrio de la Concepción, de la que forma charcos enormes en la avenida de Badajoz. Y me acerco al mueble bar y aparto las botellas para llegar a la caja de latón, que abro con la misma dificultad que la primera vez que la descubrí. Sujeto el arma con las manos. Pesa, pesa mucho. Y empiezo a ver todo borroso.

Tras varios intentos, consigo abrir el cargador. Lleno. Todas las balas en su sitio.

Rompo a llorar sin ningún control, como me pasaba de pequeño. Solo a veces, muy pocas veces, me sucedía, pero cuando rompía a llorar, lo hacía pero bien. Y ahora creo que lo hago por la liberación de haber visto todas las balas en el tambor.

Retumba un trueno por toda la casa.

Le quiero, aunque haya empuñado un revólver.

Le quiero, aunque en algún momento de su vida haya llegado a apretar ese gatillo.

30

Ella entró primero y dejó el portal del presidio entornado. Con ritmo firme, comenzó a subir por la escalera. Notaba cómo la cintura le bailaba al ritmo de los crujidos de la madera. Marcaban un sendero invisible sobre los peldaños que Eneko seguiría por detrás.

También dejó entornada la puerta de su celda: cuantos menos ruidos hubiera en la noche, mejor.

Esperó dentro. Sobre el sofá morado. Junto al sillón de piel. Las piernas ligeramente abiertas. No mucho. Solo un poco. Lo justo para que se le intuyeran las bragas rojas al fondo de aquella falda. Lo importante era sugerir, no mostrar.

Unos veinte segundos después entró Eneko. Con cautela, como siempre. Como si un guardia civil pudiera estar esperándole en la cocina o el baño. Cerró la puerta despacio y, según la vio sentada en el sofá morado, tiró la mochila al suelo y se lanzó hacia ella.

Aunque ya no estaban juntos y habían pasado muchas semanas de la última vez, se sabían el ritual de memoria, por mucho que la ambientación fuese nueva para los dos: nunca lo habían hecho en la celda de una prisión.

Arrodillado, Eneko comenzaba a besar su sexo. Ella arrullaba, al igual que habían hecho Kai y Harri esa misma tarde. Le agarraba la cabeza afeitada con las dos manos y trataba de marcar el ritmo que debía seguir su lengua. Eneko la miraba desde abajo, con esos dos ojos pardos que tanto la ponían. No podía gritar a esas horas, pero era lo único que deseaba hacer.

Eneko se incorporó y comenzó a penetrarla. Se estaba clavando un brazo del sofá en el costado, pero no quería estropear ese momento en el que su atleta vasco impactaba contra ella con toda su fuerza, como si se tratara de un *aizkolari* cortando troncos.

Aunque ambos trataban de controlar los gemidos y ninguno gritaba en exceso, las patas del sofá sí chirriaban sobre el parqué y parecían jadear por ellos dos. Acabaría consiguiendo que más de una reclusa se retorciese al imaginarse lo bien que lo estaban pasando.

«Yo lo haré, Eneko, yo lo haré», le dijo justo cuando notó que él se estaba corriendo a la vez que ella.

Podían contar con ella para lo que fuese.

No había ido a Madrid solo para llenar cuatro hojas con apuntes. Para eso ya estaban los estudiantes de Arquitectura.

31

En tercer lugar, los detectives de las novelas tratan de hablar con algún posible testigo hasta escuchar las palabras exactas que puedan dar un vuelco a la investigación. ¿Acaso Sam Spade se quedaría parado sin hablar con posibles cómplices del caso que tuviera entre manos? ¿A quién vino mi padre a ver el otro día a este piso de Virgen de la Fuencisla?

No me toca esperar mucho para conseguir entrar en el portal. Un viejo encorvado de bigote blanco sale por las rejas negras y doradas para disfrutar de la mañana de sol. A duras penas le sujeto la pesada puerta y me pregunto cómo hará para salir cuando no tenga a nadie que la sostenga al otro lado. Me lo agradece con una sonrisa y me saluda con el bastón, como si fuera un apéndice de la mano.

Podría ponerme a leer los buzones para ver quién vive en el segundo, pero prefiero subir cuanto antes por las escaleras, por si aparece el portero con cara de matón que me acechaba el otro día.

En el rellano del piso que buscaba, apenas luce uno de los dos farolillos, y lo hace a trompicones. Dudo si es buena idea este asalto al 2.º C, la única letra que da a la calle, pero termino llamando.

No tardan en abrirme un olor a estofado, un maullido de gato y ella. La reconozco nada más aparece tras la puerta. Es

Chelo, la mujer que llevaba el bar Don Bosco, a unos metros de la cafetería de mi padre. Sobre la cabeza, un moño mal hecho, como entonces, tan cutre como era su local. Me intimida un poco con esos ojos negros que parecen tratar de adivinar mis intenciones. Pálida. No viste muy diferente a entonces: camiseta negra de una carrera popular de Canillejas, llena de manchas de grasa, y pantalón de chándal gris, a juego con su pelo.

—¿Qué quieres? —Con esos dientes amarillos que luce no le hace falta un dogo argentino que intimide a las visitas.

—Necesito ayuda —contesto.

Se me queda mirando sin decir nada, como si estuviera ocupada en descifrar quién soy.

—Vengo por mi padre —aclaro.

Pongo toda la carne en el asador. Sus ojos cambian de negro carbón a gris plata, y su cara blanca se va dorando a intervalos irregulares por la luz de la lámpara que se enciende y apaga en el descansillo. No tarda mucho en reconocerme, aunque hayan pasado veinte años. «Igualito que su padre», me decían las vecinas de la abuela en La Puebla de Almoradiel.

—Lo siento —me dice cerrando la puerta.

Pero mi pie está rápido, parece la punta de la bota de un delantero centro en el área pequeña, y lo encajo junto al marco.

—Por favor. ¡Necesito hablar contigo!

—No nos conocemos de nada.

—Lo sé, pero a mi padre sí que le conoces.

Me vuelve a mirar con recelo entornando un poco los ojos. Duda. La camarera del bar de enfrente duda. Treinta años separados por una calzada de doble sentido y coches en doble fila merecen el beneficio de la duda.

—Te llamabas Mateo, ¿verdad?

—El mismo —confirmo sonriendo—. ¡Vaya memoria!

—Con tantas comandas se ejercitaba bien.

—¿Quién?

—¡La memoria! ¡Quién va a ser! —me dice riéndose y mostrándome cuatro o cinco empastes. Al menos no ha olvidado cómo se hacía eso de sonreír. —Te marchaste fuera, ¿no?

—A Barcelona.

—¿Y por qué has vuelto?

—Eso es más difícil de contar de lo que parece.

No me apetece narrarle mi vida, pero estoy dispuesto a hacerlo si con eso consigo que se abra conmigo.

—¿Sobre qué necesitas hablar?

—Vi que el otro día mi padre subía aquí, a tu piso.

—¿Y?

—Pues que siento que cada vez lo conozco menos... Necesito que me cuentes sobre él.

Duda. Chelo duda. Treinta años de La Valencita y de Don Bosco. De cafetería elegante y de bar cutre. De camarero educado y tabernera antipática.

—Creo que no soy yo quien tiene que contarte, ¿no? ¿Por qué no le preguntas a él?

—Lo sé —le digo agachando un poco la cabeza, como hacíais vosotros cuando la liabais y solo necesitabais un abrazo para volver a jugar. Ahora es Chelo quien me está regañando por intentar saber de mi padre a través de ella.

—Pasa.

El salón es oscuro, como si pensara que, sin luz, los ácaros no se pudieran reproducir. Un gato negro pasa entre mis piernas con la cola erizada, y siento cómo una anguila eléctrica me sube por los gemelos, me recorre la espalda y acaba enroscada en mi cuello.

—¡Quita, Chus! ¡No seas pesado! —lo reprende apartándolo con el pie, que había enfundado en una zapatilla rosa de estar por casa.

Estornudo. No sé si por el polvo atrapado en las cortinas o por esa alergia a los gatos que me diagnosticaron cuando fui a hacerme las pruebas del polen.

Al fondo del salón hay una ventana y una mesa camilla con un hule verde. Chelo me hace un gesto para que tome asiento y me pregunta si quiero tomar algo. En lo que va a la cocina a por agua, me asomo a la ventana y me veo abajo espiando a mi propio padre hace unos días. El mismo sitio. El hule verde está ya viejo y tiene quemaduras de cigarros. ¿Habrá debajo un brasero como en la casa de mi abuela en La Puebla? Mientras estiro un poco el pie para tratar de dar con él, Chelo aparece sosteniendo una bandeja con dos vasos y una jarra.

Ella se enciende un Ducados y me ofrece otro, que rechazo. Tener que tragar el humo de su tabaco negro es el precio a pagar. Da dos caladas y lo apoya en un cenicero con forma de pata de elefante.

—Mateo, ¿qué quieres exactamente?

—Quiero que me digas a qué vino mi padre hace unos días. Y si ha estado aquí más veces. Solo eso.

Chelo coge el cigarro del cenicero y le da una nueva calada. Está ganando tiempo. No sé si para inventarse algo o porque realmente está valorando si puede contármelo o no.

—¿Por qué te lo tendría que contar? — El humo de su tabaco negro me irrita los ojos.

—Verás… —La miro y pienso que no debería decirlo, pero lo hago—: Mi padre esconde un arma en casa.

32

Llovía y el semáforo se tambaleaba ligeramente. Con ese cielo gris, sin la luz de las últimas mañanas, el barrio de la Concepción podía pasar por el de Zuazo o el de Beurko, por mucho que no le llegara ningún olor metálico de la ría. A su nariz respingona sí que le llegaba una mezcla de azufre y acero del tubo de escape del autobús de la línea veintiuno, que se cruzaría Madrid varias veces ese día.

A la altura del kiosco, los dos mismos corredores de chaqueta naranja y mallas negras. Días atrás había sospechado de ellos, pero ya ni siquiera la miraban cuando se cruzaban. Un poco más tarde iría a correr por el pinar y quizá volviera a encontrarse con Mateo.

Cuando llegó a la verja roja del auditorio, se le cerró el estómago. Al otro lado del vallado, a salvo de perros curiosos o de algún barrendero de esos que ponían todo su empeño en dejar el barrio más limpio, el aire sacudía las asas blancas que cerraban una bolsa de plástico. Estaba justo donde le había indicado Eneko unos días atrás: escondida entre las sillas apiladas del cine de verano.

Los pulmones le comenzaban a demandar más aire. ¿Y si no le llegaba el brazo? No era buena idea que se la hubieran dejado ahí. ¿Cómo se les había ocurrido ese sitio? En la puerta de su piso, colgada del pomo, todo hubiese sido mucho más tranquilo.

Aunque el parque estaba vacío en ese momento, no podía dejar de mirar a todos lados. Tampoco era la mejor estrategia para pasar desapercibida. ¿Y si alguna de las viudas la estaba mirando? Aunque no solían estar asomadas a esas horas.

Respiró y se alejó un poco sin perder la bolsa de vista.

Tenía que hacerlo rápido. Trotó por la calle, como si estuviera entrenando.

Con decisión.

Comprobó que no había reclusas en las ventanas, se acercó de nuevo a la verja, estiró el brazo entre los barrotes y agarró una de las asas. Estaba mojada y pesaba muy poco. Se la acercó al pecho, igual que si se tratara de una barra de pan, y caminó con ella de vuelta hacia su madriguera.

Ya sobre el sofá morado del salón, el de la última noche con Eneko, deshizo el nudo de la bolsa con cuidado. Parecía la ardilla que, en el hueco del árbol bien acolchado con cortezas y musgo, aprovechaba para deleitarse con la nuez encontrada antes de comérsela.

Un olor a plástico comenzó a inundar el cuarto.

Una pequeña tarjeta con una gata, dibujada a mano dentro de un corazón, le sacó una sonrisa. Dentro de otra bolsa había un walkie-talkie, muy parecido a los que usaba con sus primas cuando se veían en verano en el caserío del *aitite* Mikel. Sintió un vaivén en las tripas al pensar que esta vez no iba a sonar un: «Malen, ¿me recibes? Cambio».

Esta vez solo tendría que limitarse a encenderlo y apretar el botón cuando viera pasar el coche del juez junto al Laguna rojo que le habían indicado. En el maletero esperaría el receptor, bien abrazado a una olla de presión cargada de amonal y de metralla.

Contaba con el visto bueno del aparato e iba a estar a la altura.

Su bautizo sería a lo grande.

33

«Mi padre esconde un arma en casa». Haberme escuchado pronunciar esa frase ha sido el paso definitivo. Al decirla, la caja de latón ha salido del mueble bar y ha cobrado vida. La pistola se ha hecho más real aún. A su vez, vuestro abuelo se ha convertido en un espantapájaros viejo y descolorido que tiembla con cualquier brizna de aire.

Chelo aspira su Ducados como si se tratase del último que pudiera fumar en su vida. Cuando lo hace, cierra los ojos para no mirarme y tratar de escapar del control que llevo sobre sus reacciones.

—Verás, Mateo.

Sigue pensando cómo ganar tiempo para huir de mí.

—Tu padre era... es un tío especial. —La miro extrañado—. Con los años fue cambiando.

—¿Por?

—Se encerró mucho en sí mismo. El carácter le cambió completamente.

Pienso que es mejor no interrumpirla y callar, que la propia nicotina siga ayudándola a conectar las neuronas que le hacen vencer la resistencia a hablar.

—Los últimos años se volvió más reservado, más introvertido. Ahora, entre ese cachorro y el saxo, parece que al menos ha encontrado una salida.

—Pero os llevabais bien, ¿no? —pregunto.

—Sí. Mucho mejor de lo que parecía. Éramos buenos amigos. A ver, tampoco amigos del alma, porque él llevaba su negocio y, en la otra acera, yo el mío, pero sí, nos caíamos muy bien. Justo al cerrar siempre se cruzaba a charlar un rato conmigo. Era muy buen tipo.

—¿Pasó algo que os alejara?

Apaga el cigarro en la pata de elefante mientras se fija en cómo mis manos toquetean una y otra vez los agujeros de las zonas quemadas en el hule verde.

—El atentado. Le cambió por completo. Como si en cierto modo se culpara. O como si me culpara a mí. O al barrio entero. Ya sabes que fallecieron algunos de sus clientes.

Por momentos me ausento del salón y creo volver a escuchar las sirenas de las ambulancias y las de los bomberos. Incluso puedo oler la pólvora.

—Mateo, ¿tú por qué te fuiste?

Me pilla desprevenido. Es como si quisiera cambiar de tema.

—Lo necesitaba.

—¿Qué necesitabas?

—Empezar a ser un poco yo mismo.

—¿Y qué te lo impedía?

—Pues creo que el vivir aquí.

—¿Tu padre?

—Probablemente. Él. O la casa. O el barrio.

O una madre que ya no vivía, pero que parecía seguir viviendo allí. Su recuerdo no me dejaba aceptar que vuestro abuelo pudiera relacionarse con otra mujer. Y Amparo me viene a la cabeza; lo poco que hice por llevarme bien con ella y lo mucho que tuve que hacer sufrir a mi padre.

—También los hijos influís en los padres sin daros cuenta. Mucho más que ellos en vosotros.

Y pienso en vosotros, en todo lo que dejé de hacer solo por veros cada día.

—¿Y la pistola? —pregunta.

—Pues por eso he venido a verte.

—Tendrás que hablarlo con él.

—Ya, pero ¿tú no sabes nada?

—No. Es la única manera de que averigües algo.

—¿Por qué habría un arma en nuestra propia casa?

—A saber. De vez en cuando iban nacionales a la cafetería. Igual alguno se la dejó.

—Me lo habría dicho.

—O no. No deja de ser algo ilegal. Tal vez no quería preocuparte. A lo mejor se la prestaron para que se sintiera más seguro. A fin de cuentas, pudo ser testigo del atentado.

—No lo había pensado así. Pero ¿cómo te va a prestar la Policía una pistola? Ni que fuera el Oeste... ¿Dónde iba el otro día?

—¿Cómo?

—Sí, te dejó a Zuri. Iría a algún sitio donde no podía llevarlo.

Y Chelo calla. De nuevo parece pensarse el qué contestarme.

—Mateo, mira, tienes que saberlo.

¿El qué tengo que saber? En ese momento, la anguila que me subía desde los gemelos hasta enroscarse en mi cuello me aprieta con mucha más fuerza. Quiere estrangularme.

— Lo que te voy a contar no puede salir de aquí.

Asiento con la cabeza.

—Prométemelo.

—Sí, sí. —No puedo ni parpadear cuando la miro.

—Tienes que hablar con tu padre. Aclararlo con él. Es muy importante. No te lo guardes. No te dejes cosas sin decir o sin preguntar.

Chelo pone sus manos sobre las mías. Están calientes y son muy ásperas, pero empiezo a dejar de verla como hacía al principio, cuando me dieron tanto asco sus dientes amarillos.

—¿Por? Mujer, tampoco me voy a morir si no hablo con él sobre la pistola.

Me aprieta las manos con sus dedos cuarteados y noto cómo se me disparan las pulsaciones, que parecen querer salirme por la boca.

—Mateo, tu padre está muy enfermo.

Y siento cómo a esas manos, que podrían ser las de una modista ya retirada y no las de una camarera, les gustaría poder remendar las costuras que acaban de saltar en mi interior.

Petrificado, ni parpadeo ni escucho ya el traqueteo de los carros de la compra en la calle. Tampoco puedo escucharla a ella por mucho que siga moviendo los labios. Solo la veo. Sincera, con los dientes amarillos, los ojos negros y el moño gris. Dice algo más, con ese aliento a tabaco y café, pero una compuerta ha cerrado mis tímpanos.

Inmóvil, me levanto.

Inmóvil, me desplazo a la puerta y me dejo abrazar con timidez por ella. No sé si es un abrazo de pésame o de despedida. Me da igual.

Dejo que las piernas gobiernen mi cuerpo y bajen por las escaleras.

No tengo fuerzas para sujetar la puerta de rejas negras y doradas y me pregunto cómo pude sostenérsela antes al señor encorvado del bastón.

Me pongo a andar sin rumbo, aunque sepa de sobra que voy directo a sentarme en uno de los bancos frente al auditorio del Calero.

Parece que va a llover. Pero me trae sin cuidado. Nada importa ya.

34

Al bajar por la calle Torrelaguna, se cruzó con dos chicos de unos catorce años que acababan de salir del Mater.

Él, con jersey azul marino y pantalón gris salpicado de manchas de barro ya secas. Ella, con el mismo jersey azul marino, falda gris y leotardos azules. Impoluta.

Él le hablaba preocupado porque no sabía si su Pokémon podría evolucionar. Ella estaba a otra cosa, sin parecer importarle lo más mínimo la conversación.

¿Serían vecinos o hermanos? Quizá estaba ante un proyecto de novios con mal futuro.

Cuando se acercó al cruce con la avenida de Badajoz, las piernas comenzaron a temblarle, como si su cuerpo también estuviera evolucionando como un Pokémon. En la esquina, frente al Caja Madrid, un coche rojo: el Renault Laguna con la matrícula acabada en 76 que le habían indicado. De un rojo parecido al de los toldos de La Valencita, que a esas horas de la tarde se tornaban un poco más púrpura.

Ese comando, que ni conocía ni creía que llegase a conocer, había concluido con éxito su misión. De ella dependía ahora que el último número de la función saliese bien: un coche del montón en una calle del montón de un barrio del montón que estaba destinado a convertirse en la portada de todos los periódicos. El coche que conduciría al barrio de la Concepción hasta la City, la Défense o la Postdamer Platz. Quería asomarse a la ventanilla de ese Renault triste y anodino. Abrir el maletero y ver la olla cargada de metralla unida al otro walkie, novio a distancia del que guardaba en casa, como esa pareja del Mater con la que acababa de cruzarse.

En su mano iba a estar el que comenzaran a llamarla *tigrea*, en lugar de aquel inocente *katua*.

Todo habría finalizado cuando el coche del juez pasara junto a esos kilos de amonal y ella apretara el botón del walkie.

¿O todo comenzaría?

35

La farola de la calle ilumina a medias mi habitación, pero esta noche no quiero echar la persiana. Me gusta ver su reflejo naranja sobre el parqué y poder olvidarme un poco de la pantalla del ordenador. Como si estuviera contemplando, abstraído, el baile de las velas en una de las capillas laterales de Santa María del Mar. Como si acabase de prender una de ellas para pedir que mi padre no esté enfermo, que todo esto no sea verdad, que solo fuera la invención de una vieja loca.

Al otro lado del tabique se escucha la radio de vuestro abuelo, probablemente ya dormido. Parece una secuela de *Hablar por hablar*, un programa de la SER en el que los oyentes llamaban de madrugada para contar sus penas a la locutora, que parecía hacerles caso, aunque estoy seguro de que estaba a sus cosas. ¡Cuántas noches me lo chupé mientras preparaba entregas de algún proyecto! Una promoción de chalets adosados en La Florida. La desesperada madre de una anoréxica que ya no sabía qué hacer con su hija. La rehabilitación de un polideportivo de los setenta en Santa Coloma. Un yonqui que se está quitando el mono.

Me imagino llamando. «Hola, me llamo Mateo y estoy divorciado. Me tuve que ir de mi apartamento de la Barceloneta porque ya no podía pagar el alquiler y me ha tocado regresar a la casa de mi padre en Madrid. Mis hijos son ya adolescentes y pasan de mí tanto como yo lo hacía de mi padre cuando tenía su edad. Pero lo llevo fatal. Solo les preocupan las zapatillas, el corte de pelo y por qué bares saldrán el próximo viernes. Y encima son del Barça. Mi padre está muy enfermo, aunque no se ha atrevido a decírmelo. Ni siquiera sé si eso podrá servir para cambiar nuestra relación a mejor». «Muy bien, Mateo, a ver qué te dicen los oyentes. Mucho ánimo». Y ella, mientras, pasándose notitas con el técnico de sonido, deseando que lleguen ya las cinco de la mañana para subirle en el coche, llevárselo a su casa y poder follárselo en condiciones, sin importarle una mierda todo lo que le lloramos los oyentes. Igual, si se da prisa, hasta le da tiempo a llegar a su clase de pilates de las diez del día siguiente para seguir manteniendo su culo bien firme.

En la calle apenas hay movimiento: el asfalto parece la superficie del mar disfrutando de una ligera modorra. Me gusta esa quietud solo rota por los golpes de los cubos al vaciarse en el camión de la basura, el baile de la tapa de una alcantarilla al paso de unos neumáticos o el motor del búho de la EMT.

—¿No piensas dormir esta noche?

Su mano me agarra el hombro en son de paz, como si quisiera decirme: «Tranquilo, soy yo, no te asustes».

—¡Joder, papá, no te había escuchado entrar! —le digo, asustado pero sonriente, al descubrir que es él y no un ladrón.

—No podía dormirme y, como había luz bajo la puerta, me he asomado para ver qué hacías.

—¿Y por qué no te duermes?

Quizá es el momento perfecto para que me diga que está acojonado con esa enfermedad que aún no me ha contado, o para que me confiese que guarda una pistola en el mueble bar.

—El sueño no nos acaba de encajar a los viejos. Dormimos poco y mal. ¿Y tú? ¿Con tu novela?

—Sí, aquí sigo.

Me dan ganas de soltarle que escribo sobre un viejo que coleccionaba recortes de fútbol femenino que decía detestar.

—¿Echas de menos a tus hijos?

—¿Y esa pregunta?

Me arrepiento de no haber escondido mejor que me ha incomodado.

—Lo intuyo.

—Pues la verdad es que sí.

—Y, sobre todo, echas de menos los momentos que ya no van a volver.

Asiento con la cabeza. Ha sido un buen croché. Me ha dado de lleno. Los brazos los tenía abajo, sin cubrirme el rostro, y los codos tampoco cubrían los costados.

—¿Sabes cuál era mi mejor momento del día? —Me mira sonriendo.

—¿Cuál?

—Cuando entraba en casa, de vuelta de la cafetería. Abría la puerta de la calle y venías como una flecha hacia mí. Hasta los nueve o diez años, corrías para que te cogiera y te lanzara al aire.

Sonrío al mismo tiempo que noto cómo se me encoge el corazón.

—Y mira ahora en qué bicho me he convertido... —contesto.

—Luego, cuando fuiste creciendo, también venías. Ya no corrías. Lo que querías era quitarme de las manos el *As* y el *Marca* que traía grasientos y con manchas de café. Pero al menos venías.

—El mejor día era el lunes. Podías saber qué había pasado en la liga inglesa y en la italiana. Era viajar sin moverte de casa. Saber si el Blackburn Rovers iba a llevarse la Premier League o si el Milan de Ancelotti mantenía el ritmo en la Serie A. ¿Sabes que, cuando Laia y yo vivíamos en el piso de la calle Freixa, Marc y Pau hacían lo mismo cuando llegaba? Corrían hacia la puerta y yo me agachaba para abrazarlos y levantar sus cuerpecillos. ¡De un día a otro, podías sentir cómo iban pesando más!

—Y un día dejaron de hacerlo.

¡Lo miro y le entiendo tan bien!

—Te convertiste en un triste repartidor de Amazon que llamaba a la puerta por las tardes —dice.

Hasta me sale pedirle perdón. Pero tampoco pienso que vosotros os tengáis que disculpar por crecer. Un hijo no debe pedir perdón a su padre por dejar de correr con quince años a su encuentro.

—¿Qué tal va tu hombro? ¿Te molesta con el ordenador?

—Pues justo iba a decirte que me has puesto la mano en el sitio perfecto. Pareces una manta eléctrica.

—Mateo.

—¿Qué? —Miro esos ojos grises (esa noche no se ven nada azules, se ven muy grises) que necesitan contarme algo.

El tiempo se para junto a esa ventana. Ese bloqueo, que le limita tanto y le impide abrirse y contarme lo que necesita, ha vuelto. Es incapaz de romperlo. Como el Madrid cuando juega contra una defensa muy cerrada. El mismo bloqueo que me impide actuar a mí. ¿O acaso yo le he contado alguna vez todo lo que lloré cuando vuestra madre me dejó? Es el mismo freno de mano echado con el que tantas veces me toca a mí circular. Y a veces consigo bajar un poco la palanca después de mucho esfuerzo, aunque nunca lo logro del todo.

Pero esta vez tiene que ser diferente. Pongo mis manos sobre las suyas y apretamos juntos el botón de la palanca del freno de mano de su Renault 21 para intentar quitarlo.

—Papá.

—¿Qué?

Me mira como depositando en mí todas las esperanzas de que yo sí pueda arrancar ese coche.

—Dime qué te pasa.

Y me libero con esa frase. Parece que la noche es un poco menos oscura. Que alguna otra farola de la calle, que hubiera estado apagada, se hubiese encendido justo en ese momento.

—¿Que qué me pasa? —Me mira sorprendido.

Sus ojos se hacen gigantes, al igual que los porteros en la línea de gol en las tandas de penaltis. Sus cejas se juntan como dos perdices que no saben si echar a volar o permanecer en la maleza cuando han escuchado el primer disparo de la jornada de caza.

—Han llamado del hospital para confirmarte una cita —le digo.

Acabo de tirarme a la piscina. Como si hubiera estudiado Periodismo en vez de Arquitectura, he soltado una frase que quizá pueda servir para ayudar en el deshielo y sacar otra pata de mamut a la luz. Tal vez me responda que de qué narices le estoy hablando, que no tiene ninguna cita o que no va a ningún hospital. Y aunque tendría que creérmelo, la situación estaba siendo tan propicia que tenía que arriesgar.

—¿La del lunes 23?

¡Bingo! Asiento con la cabeza, aunque me siento fatal por haberlo engañado.

—Dije que te volvieran a llamar.

—Tengo cáncer.

Sus cejas se han separado. Las perdices han echado a volar.

Con solo dos palabras, la palanca del freno de mano cede y el coche echa a andar.

Y consigue que mi corazón, desbocado por no saber qué le pasaba, inicie la desaceleración, como si hubiese conseguido engañar al portero y el lanzamiento de mi penalti, el decisivo de la tanda, entrase en la portería pegadito al palo.

Pero, por otro lado, toda la levedad con la que estaba empezando a sentirme esa noche se vuelve gravedad y pesadez, como repetía una y otra vez Milan Kundera en *La insoportable levedad del ser*.

Es un tumor en el pulmón y el pronóstico es incierto, pero no tiene buena pinta. Él, que no ha fumado en su vida, me dice resignado mientras imagino la fila larguísima de todos los cigarros que sí se fueron fumando los clientes que, día tras día, pasaban por La Valencita. Todos juntos y alineados igual llegaban hasta la Puerta del Sol.

La luz de la farola, que ilumina a medias la habitación, comienza a irritarme y tengo la necesidad de echar la persiana.

36

Bajó al primero por la escalera y se quedó frente a la puerta de Remedios dudando si llamar al timbre o no. ¡Era tan ridículo llevarles, a ese par de viejos casi desconocidos, una bandeja con un bizcocho de limón, como quien hace entrega del bastón de mando de una ciudad! Pero, en el fondo, le llamaba el sentirse una heroína.

Al otro lado de la puerta se escuchaban ruidos. ¿Y si los importunaba? Tampoco tenía por qué entretenerse. Sin querer pensarlo mucho más, dio dos golpes secos con los nudillos sobre la puerta oscura de contrachapado (quizá no estaba preparada para volver a escuchar los timbrazos que la habían revuelto, la tarde del infarto de Mariano, en el salón de su casa).

—¿Cómo estáis? —le sonrió a Reme cuando abrió.

Remedios la abrazó y le dio dos besos. Y, por supuesto, la dejó bien sentada en el salón, en el centro del sofá gris junto a su Mariano, mientras iba a la cocina a preparar un poco de café en el que mojar ese bizcocho «que no tenías que haberte molestado en hacer».

Mariano la miraba sonriente, aunque algo angustiado, como si no supiera de qué manera darle las gracias por haberle salvado la vida. Así que empezó por lo más básico, por contarle que había sido comercial de la Mahou, que ya estaba jubilado y que se conocía casi todos los bares de la zona norte de la capital. Que, en los últimos tiempos, se estaba poniendo un poco más difícil conseguir un buen precio para colocar la Mahou en los bares, pero que, aun así, seguía siendo la cerveza preferida de los madrileños. «¡Por algo había nacido la Mahou en Madrid!».

—¡Ya le estás contando tu rollo sobre la Mahou a la pobre Lucía! —protestó Reme.

—Tranquila, mujer, que está muy interesante —contestó. Le caía bien. Se alegraba de no haber salvado la vida a un desgraciado.

Remedios colocó sobre la mesa baja un mantel de flores, las tazas para el café y unos platos con el bizcocho ya cortado.

—¿Ha llegado ya a contarte lo de Casimiro Mahou? Que si era francés, que si se casó con una madrileña que se llamaba Brígida, que si tuvieron cinco hijos que fueron los que, de verdad, montaron la primera fábrica de Mahou en Madrid...

—¡Si te lo sabes tú mejor que yo! —se quejó Mariano.

Parecían una pareja divertida. Al menos hasta que Reme comenzó a contar lo de su encuentro con Juan, el de La Valencita, hacía dos tardes. Mariano le conocía, como a tantos otros camareros, y ellos ya sabían que Lucía desayunaba allí a diario: la habían visto dentro cuando iban al Caja Madrid a poner al día la cartilla.

—¡Se le fue la cabeza a Juan! Lo que le costó dar contigo cuando le comentamos que le habías salvado la vida. ¿Cómo la llamaba, Mariano? ¿Te acuerdas?

—Blanca dijo, ¿no?

—¡Eso! Eso fue. Blanca. Y el tío que no cedía. Erre que erre. ¡Que nos teníamos que estar confundiendo!

—Ya a última hora acabó aceptándolo. ¡Nos decía que igual te llamabas Blanca Lucía o Lucía Blanca!

Los dos viejos se echaron a reír y ella no sabía bien ni qué hacer ni qué decir, así que rio con ellos esperando que cambiaran pronto de tema mientras asentía con la cabeza como dando por buena aquella propuesta. Al final, aquel patinazo suyo había salido a la luz y Juan ya tenía que sospechar de ella, si no lo había hecho antes.

¿Cuánto tiempo debería aguantar allí para que la visita fuera cortés? Les preguntó por el hospital, por los cuidados, por si le habían mandado alguna dieta y, para hacer un poco más de tiempo, por la medicación (eso entretenía mucho a la gente mayor). Cuando ya no tuvo mucho más de lo que hablar, dejó encarrilada su marcha inminente: «Venía también un poco a despedirme».

—¿Y eso, mujer? —A Reme le cambió la cara.

—Mi madre. Está mala. —Era lo mejor que había podido pensar esos días.

El rostro sereno de Reme se endureció y cerró un poco más la boca. Mariano también se mostró un poco compungido. Le tocó decorar un tanto la historia. Les contó que su madre vivía en un pueblo de Burgos y que tenía que ir a echarle una mano porque se había roto la cadera. Cuestión de días, además. En cuanto le dieran el alta en el hospital tendría que ir a ayudarla en la casa. Y, como la recuperación se podía alargar varios meses, no podía estar pagando el alquiler. «Si necesitas pasar aquí unos días cuando vengas por Madrid, sabes que, en esta casa, siempre habrá una habitación para ti, mujer», le dijo Reme al despedirla en el recibidor.

37

Hoy tenemos cita en el oncólogo y acompaño a mi padre al Ramón y Cajal. No quiere que entre con él a la consulta, pero no se atreve a decírmelo directamente. Me sugiere que me vaya a tomar un café o que aproveche para estar al aire libre en el parque que hay frente al hospital. Pero, debajo de su máscara de monarca de país en el que todo es de color rosa, sí que quiere que pase con él. Tiene miedo. Como yo. No el mismo miedo, porque tienen que ser diferentes, pero está acojonado. Como yo.

No sé cómo haréis vosotros cuando os toque pasar por una situación así conmigo, si es que os toca. Tampoco sé qué máscara me pondré yo. Conociéndome, seguro que elijo también la de monarca afable y tranquilo, que disimulará muy bien los fallos de mi sistema. Conociéndoos, seguro que no os dejáis convencer e indagáis y hacéis de periodistas del corazón, buscando la pregunta clave que yo no sepa contestar y que desenmascare toda la verdad.

Esta forma de actuar no es la mejor, pero necesitamos evitar la muerte en todas las situaciones, y las máscaras funcionan muy bien para eso. Que pregunten a los egipcios que tanto te gustan, Marc, que las usaban para espantar a los espíritus y proteger el alma de los muertos. Tantos siglos después y no hemos cambiado nada. Lo único que ahora nos las comenzamos a poner un poco antes, como si pudiéramos despistar a la muerte, que ya viene a por nosotros.

La consulta del doctor Palazón es luminosa y parece moderna. Nada que ver con los pasillos angostos, con luces parpadeantes, que acabamos de cruzar. No parece la consulta de un hospital público: debe de haber sufrido una reforma recientemente. Agradezco, además, que no tenga una doble cartelería en español y catalán, con palabras casi idénticas escritas dos veces. Está llena de macetas con plantas de todos los tamaños y tiene un gran acuario con muchos peces verdes y amarillos. Una enfermera rubia joven, que riega en ese momento una enorme costilla de adán, recibe a vuestro abuelo con una tremenda sonrisa. Por un momento, me da por pensar que el motivo de que mi padre no quería que lo acompañase a la consulta es el de poder disfrutar de su momento a solas con la tal Laura, como leo en la tarjeta que le cuelga de la bata. Siento que, sin haberme dado cuenta, igual le estoy amargando ese momento. No quiero dejarlo solo, pero empieza a parecerme evidente que él sí quiere estar a solas con ella.

Me quedo fuera de la consulta, creo que más por él que por mí, aunque ni yo lo sé. Escribo a Raquel porque necesito compartir mi miedo. «Todo va a ir bien, tranquilo», me responde, como si esas palabras pudieran servirme de algo o fuese experta en tumores.

«Más análisis y que vuelva en tres semanas», me dice mi padre cuando sale.

¿Tres semanas? Eso es muy poco. De dos meses de la visita anterior ha pasado a tres semanas. Noto que me falta un poco el aire, aunque desde mi máscara de hombre tranquilo le quito importancia. Mi cara podría ser la de Adolfo Suárez el día del 23-F, o la de Winston Churchill en la Cámara de los Comunes ante el inicio de la Segunda Guerra Mundial. Cualquiera de esas me encajaría bien. Inmutable. Todo está correcto. Superaremos esta crisis. El doctor Palazón habrá puesto tres semanas porque se debe de marchar un mes de vacaciones y ha querido verlo y controlarlo antes de irse.

Me quiere invitar a desayunar, como si no pasara nada.

Acepto la invitación, aunque esté pasando de todo.

38

La estaban siguiendo aquella tarde. A tan solo unos pasos, un hombre, que no llegaba a distinguir, repetía sus movimientos al otro lado de la lluvia.

Ella había girado al llegar a Virgen de la Providencia, pero la sombra también lo había hecho. Inquieta, había decidido cruzar de la acera de los pares de Virgen de la Fuencisla a la de los impares. Como hizo la sombra instantes después.

La lluvia caía tan fuerte que, por momentos, creía estar en Barakaldo, corriendo por Lurkizaga, atrapada en una galerna inesperada, cuando tan solo había bajado a comprar algo de fruta.

«Estate atenta, solamente eso. No estás fichada». ¡No! ¡No! Esas palabras de Eneko ya no servían para nada. Habían caducado. Estaba harta de ellas. ¡Aquella silueta estaba absorbiendo el poco aire que la tormenta dejaba a su alrededor!

Malen trató de acelerar el ritmo, pero aquel tipo mantenía la distancia. Pasaba igual que en aquellas tardes de julio en las que su *aita* veía en la televisión de la caravana, frente a la playa de Ondarreta, las etapas del Tour de Francia. Ella se acercaba a mirar cuando su padre gritaba a la tele, como si los comentaristas pudieran escucharle. Gianni Bugno atacaba a Induráin en el Télégraphe, pero este no dejaba que se escapara. Luego volvía a intentarlo en el Galibier y, sin inmutarse, se pegaba a su rueda como si fuera su sombra sobre la carretera. Le mantenía a raya, con una diferencia de solo unos metros, hasta que se cansaba y volvía al pelotón. Así estaban actuando con ella ahora, acelerando y frenando bajo la lluvia para mantenerla siempre a la misma distancia.

Se tocó la Parabellum junto a las costillas. Si se complicaba la tarde, sería tan fácil como darse la vuelta, disparar y salir corriendo. Nadie la podría ver. Ni siquiera las viudas reclusas tras las rejas podrían distinguirla con tantas gotas empañando las ventanas. En cuanto apretara el gatillo, el hombre caería sobre la acera y el charco rojo bajo su cabeza comenzaría a mezclarse con el agua que corría junto a los neumáticos de los coches aparcados. La Virgen de la Consolación lloraría sangre.

Nunca había disparado a otra persona, pero sabía que no iba a fallar. Por algo había sido la mejor en los entrenamientos en las Landas en los que reventaba las botellas de cristal que le colocaban sobre los tocones.

A unos cien metros, las luces de su portal. La meta estaba cerca. No lo dudó: lanzó un último ataque que sería definitivo. Apretó con fuerza el paso y consiguió distanciarse de su Induráin. No podría ganar el Tour, pero aquella victoria de etapa sería suya, ahora que ya divisaba las vallas a los lados de la carretera y las pancartas que anunciaban los metros finales.

Y entonces lo vio. Resguardado en el exterior de su portal. Esperándola, como las azafatas del Tour, con un ramo de flores. Empapado. Mateo, el héroe inesperado dispuesto a luchar para protegerla de su perseguidor.

—¡Lucía! —le gritó al verla. Ni siquiera la lluvia conseguía rebajar esa sonrisa enorme.

¿Qué hacía allí? ¿Cómo sabía que vivía en ese edificio?

—Perdona que aparezca así. Te vi el otro día entrar aquí y te echaba de menos. Necesitaba verte —dijo acariciándole el pelo mojado y medio avergonzado por el ramo de flores mustio.

Se giró hacia atrás y pudo ver cómo el tipo que la perseguía se había detenido y los miraba desde el otro lado de la lluvia.

A contraluz, pudo distinguir aquella silueta encorvada que se escondía bajo la marquesina del autobús.

39

Las puertas del Ramón y Cajal se abren y cierran continuamente, como si fueran las de El Corte Inglés durante las rebajas. ¿De verdad hay tanta gente enferma? En nuestro camino hacia una terraza que está al sol, varios gorrillas, que se dedican a organizar las plazas de aparcamiento en la calle, nos preguntan si nos vamos a ir. Son negros y muchos no hablan el idioma, pero les agradezco la sonrisa permanente con la que se dirigen a ti.

—Nunca te he hablado de ella —me dice cuando nos sentamos en una mesa roja de Mahou.

Me pongo en modo alerta, como el médico de la UCI cuando sabe que le va a llegar ya una ambulancia con un caso complicado. Parece que, por fin, llega el momento de la tal Malen Medinabeitia de los recortes.

—¿De quién no me has hablado?

—De la hermana que tuviste.

Y me quedo completamente rígido, como si acabase de sufrir un ataque de lumbalgia. Eso no me lo veía venir. Me ha pillado a contrapié. Me esperaba un revés cruzado y me ha tirado un paralelo definitivo que pone en pie a toda la Philippe Chatrier del Roland Garros.

—Ya, papá. Ya sé que nunca me quisiste hablar de ella.

—Perdóname.

—Nunca me atreví a preguntaros. Para mí era muy difícil.

—Siento mucho que tuviéramos ese tabú en casa, Mateo. Lo siento.

—Nunca os culpé de nada.

—¿De dónde te saldrá tanta empatía?

—Pues, mira, no sé si no os preguntaba por empatía o por puro egoísmo. Al final uno no quiere dejar entrar la tristeza en su vida, y, si yo sacaba ese tema con preguntas incómodas, le abría las puertas de nuestra casa de par en par.

—Sonreía mucho, como tú. Diría que tu misma sonrisa. La de tu madre.

Mi padre desvía la mirada hacia los coches que pasan rápido por la M-30 con esos ojos grises que brillan un poco, como si, en ese momento, la estuviera viendo a ella.

—Una mañana, cuando tenía diez meses, se fue. Ya no despertó. «Muerte súbita», nos dijeron aquí —recuerda mirando el Ramón y Cajal.

No puedo hablar. Trago saliva. La cicatriz que nunca se le llegó a borrar. Sus ojos me están diciendo tanto que no quiero cerrar los míos ni para pestañear.

—Era preciosa. Pero una noche todo cambió.

No sé qué decir. Nunca debieron de encontrar el momento adecuado para contármelo. O quizá, aunque lo hubieran encontrado, ya habían decidido dejar condenada esa puerta de sus vidas, como si, al hacerlo así, pudiera cerrar su herida. Igual fue la única manera que tuvieron para poder seguir viviendo.

—Al año naciste tú. —Se le escapa una sonrisa triste—. Viniste para sanarnos. Para salvarnos.

Y me tiende la mano huesuda, que aprieto. Liviana, como si se hubiera quitado un lastre de encima. Casi no le pesa. Ligera, como si su cuerpo también se estuviera transformando. Da la impresión de que sus huesos estuvieran evolucionando a los de un gorrión para, en cualquier momento, poder echar a volar.

40

No contaba con volver a ver a Mateo. Mucho menos con encontrárselo así, convertido en el Batman que salía de la cueva justo en el peor momento de esa persecución a la que la estaban sometiendo. Tal vez también debía agradecérselo a las *sorginas* a las que había invocado semanas atrás. Él solo estaba deseando repetir el polvo del último día en el pinar y, como todo héroe, mostraba su debilidad acudiendo a ella.

Mateo no podía entrar en el piso franco. Era una cuestión de sentido común: sobrepasaba todos los límites de seguridad. Pero, mientras subía por las escaleras con él, solo pensaba en que ella también quería repetir y aprovechar para recompensarle por su brillante misión de rescate.

Además, no dejarle pasar a su casa no era la mejor idea: podría salir a la luz que ocultaba algo. Muchas veces era necesaria una vuelta de tuerca a los planteamientos. Antes de abrir la puerta, repasó rápido dónde tenía guardados el walkie, el cuaderno con el seguimiento o su documentación. Nada a la vista. Aunque tal vez eso no fuese lo peor. Quizá lo peor fuesen las ausencias. ¿Cómo iba a justificar no tener apuntes de Fundamentos o de Materiales, un ordenador con AutoCAD o un tablero de dibujo?

Con la excusa de bajar la persiana, se acercó a la ventana y vio que, bajo la parada del veintiuno, resguardada de la lluvia, seguía la figura encorvada de Juan. ¿Por qué la había estado persiguiendo por las calles del barrio? ¿Por qué no le había dado un grito para llamarla? ¿Estaba haciendo como ella con el juez, un simple seguimiento? ¿Qué le había hecho sospechar? ¿Lo que le habían contado Reme y Mariano sobre su nombre? Además, había tenido que ver a su hijo en el portal. Se tenía que haber dado cuenta de que era él.

Pasó rápido al baño y escondió la Parabellum en un hueco que había detrás de la base del inodoro. El walkie y la libreta estaban bien seguros tras el aparador que había bajo el bodegón. Ahí no habría problema. Se miró en el espejo y vio las ojeras de las últimas noches. Cada pliegue recogía una preocupación que le nublaba la cabeza. ¿Y si el detonador no funcionase? ¿Y si el coche saltara por los aires cuando pasase una madre con sus hijos?

Regresó rápido al salón. Mateo seguía sentado en el sillón de piel, igual que lo había dejado. Toda su sangre no estaba precisamente en la cabeza y solo deseaba desatarse. ¿Cómo no iba a querer repetir lo del pinar? Ella también quería. La ponía mucho aquel sonriente pijo de segunda.

Dudó si hacerlo sentados en el sillón, pero lo agarró del cinturón y le fue conduciendo hasta la cama. Esta vez sería distinto. Estarían más cómodos que en la acequia de hormigón. Estaba cansada de la tensión que había vivido por las calles con esa sombra persiguiéndola y decidió tumbarse y dejar que él llevara la iniciativa. Primero con la mano, después, con la boca y, finalmente, penetrándola con delicadeza, como si temiera hacerle daño. Tuvo que animarle enseguida a subir el ritmo y a repetir los besos con dentelladas del pinar mientras él entraba y salía de ella.

En esta ocasión, él avisó mucho más tarde de su final. Tan tarde que había eyaculado dentro de ella. No sabía si lo habría hecho a propósito para no tener que interrumpir ese momento o si directamente no había podido controlarse. Tampoco se iba a enfadar con él, era su segunda vez y estaba en deuda por ese rescate inesperado.

41

Han pasado tres semanas y volvemos a tener cita en el oncólogo. Como sé que no quiere que entre con él a la consulta, me quedo fuera, junto a la puerta doble acristalada por la que sale un celador cada cierto rato. Desde donde estoy se ve la pecera de cristal con los peces verdes y amarillos.

Huele a lejía y aprovecho para contar las baldosas que hay de pared a pared. Son de 40×40. Clásicas de hospital. Hay diez a lo ancho, y voy por diecisiete a lo largo cuando me interrumpen. Es Laura, la enfermera rubia de ojos azules. «Usted es el familiar de Juan Barros, ¿no? ¿Su hijo?», más que preguntármelo, me lo afirma con una voz muy cálida. ¡Con razón le gusta su momento a solas con ella! Me hace un gesto rápido con la cabeza para que entre al despacho del doctor Palazón a acompañar a mi padre. Me coge del codo y noto cómo un escalofrío me sube hasta el hombro.

Laura abre la puerta de la consulta del médico, que se encuentra sentado al otro lado de la mesa mirando su ordenador; tiene barba negra, cejas negras y unas gafas que le cuelgan por encima de la bata con dos anteojos independientes unidos por un cordón, también negro. El doctor Palazón se gira y nos mira sin arrancar a decir nada. Parece Sabina en el Palacio de los Deportes pensando qué decir antes de echarse a cantar. Cuando por fin lo hace, ya no tiene reparos. Resulta que el tumor está completamente extendido y cabalga desatado, a tenor de los marcadores de los últimos análisis. No lo dice con esas palabras, pero esa es la realidad con caretas. Porque los doctores no se ponen máscaras, prefieren las caretas. Tienen que ser sinceros con el paciente, y el doctor Palazón hoy lo está siendo. Y las caretas les sirven, porque tú eres consciente de que te están mintiendo un poco para asustarte menos. Sabes que no es Mickey Mouse el que está detrás de esa careta, pero siempre es más agradable si es Mickey Mouse quien te dice que te vas a morir ya. Cuando dan estas noticias, a veces simplemente se limitan a intentar suavizarte el camino al precipicio. Extienden una alfombra para que a las plantas de tus pies les resulte menos incómodo pisar el sendero de grava rodeado de cipreses.

Se acerca el final. Uno o dos meses más, a lo sumo. Semanas, vaya. El abuelo no se inmuta. ¿No se estará enterando? Parece estar delante de un funcionario que le sella la cartilla del paro.

Cuando salimos, la consulta luminosa, reluciente, verde y con peces se convierte en el vestuario de una mina de carbón llena de hollín. Se ha vuelto irrespirable en cuestión de segundos. Trato de dejar espacio al abuelo. Todavía no ha digerido el golpe y tengo que dejar que lo haga. Como me pasa a mí. Me cuesta digerir los golpes. Acaban de asestarle un gancho directo en la boca del estómago y aún no siente el dolor con toda su intensidad. Sigue teniendo el puño del doctor Palazón insertado en el estómago, y, como su cuerpo cada vez es menos elástico y más plástico, le cuesta recuperar su forma original. Igual que las estructuras de los edificios cuando la deformación supera el límite de elasticidad: entran en la fase plástica y ya no hay nada más que hacer. Lo mismo que nos pasó con aquellas casas sobre ese terreno de mierda del Carmel que no pudimos recuperar. Lo mismo.

Esta vez soy yo quien le quiere invitar a desayunar.

Lo acepta con naturalidad.

Sin caretas.

42

08:59. Un nuevo intento. Paseaba inquieta por la avenida de Badajoz, esperando a que el coche del juez arrancara. El chófer llevaba tres mañanas seguidas cogiendo la calle Torrelaguna hacia arriba, frustrando la operación. Malen no pensaba que bajo esa elección se escondiera ningún motivo de peso. Era igual que cuando en el caserío del abuelo Mikel jugaba con sus primas a cara o cruz, y a una de ellas le salían tres caras seguidas al tirar una moneda de cien pesetas al aire. Raro, pero pasaba.

09:02. Simples protocolos de seguridad del chófer. Eso tenía que ser. Cada vez estaba más cerca el momento en el que el coche del juez cogiera Torrelaguna hacia abajo y se aproximara, inconsciente, a la emboscada que le esperaba en la avenida de Badajoz.

09:04. ¡No podía ser! Era Reme. ¿Qué coño hacía allí? Estaba pasando junto a la olla cargada de amonal en ese mismo momento. Directa al Caja Madrid. Puesta a punto de su cartilla. Eso no entraba en el guion. En sus planes, no había nadie alrededor del coche del juez al pasar frente al Laguna rojo. Como si pudiera detener el tiempo y borrar a todos los actores que le sobraban en la escena.

09:07. El escolta y el juez salieron del portal como cualquier otra mañana. Iba a salir cruz. Cuatro caras seguidas no era imposible, pero sí muy difícil. Su dedo pulgar acariciaba una y otra vez la rugosidad del botón del walkie, que guardaba en el bolsillo de la chaqueta. ¿Y si no funcionaba? ¿Y si el receptor ya no tenía batería? Sí, duraban hasta una semana, pero no tenía por qué salir todo bien. El escolta cerró la puerta del Megane al entrar el juez, dio la vuelta con paso rápido y se subió por la otra puerta. Iniciaban la marcha y enfilaban el coche hacia abajo. Avenida de Badajoz. La señorita de ojos verdes y media melena había cantado línea.

Sus latidos no podían dispararse más, pero las válvulas del corazón conseguían meter una quinta marcha, incluso una sexta. Solo cien metros los separaban de ese coche tan igual, y a la vez tan diferente, al resto de los coches aparcados.

09:08. Reme salía del Caja Madrid. La explosión la iba a pillar de lleno. ¡No podía accionar la bomba! El Megane esperaba a que dejasen de pasar coches para acabar de incorporarse a Torrelaguna.

09:09. La misma pareja de adolescentes de unos catorce años con los que se había cruzado la tarde anterior pasaban en esos momentos junto al Laguna rojo. ¿Estarían hablando también de las evoluciones de los Pokémon? Una sacudida en el vientre. Quizá peor que las patadas en los huevos, sí. Ya se lo diría a Eneko.

09:10. No contaba con eso. Un autobús escolar se acercaba al semáforo al tiempo que el coche del juez descendía por la calle. No. ¡Se tenía que alejar! ¡No podían coincidir! Pero se detuvo. El semáforo estaba en rojo y el autobús esperaba. Paciente. De nuevo un autobús, como el de Donosti contra el que atinó a lanzar su primer cóctel molotov. Pero esta vez era distinto. No habían hecho salir al conductor. El Megane baja despacio.

09:11. Hipercor de Barcelona. Cuartel de Zaragoza. Daños colaterales. «En una lucha siempre hay víctimas inocentes», les insistían los compañeros más experimentados en la formación en las Landas. ¿Lavados de cerebro? No podía apretar el walkie. ¿En qué lío andas metida, Malen? Sal de esa mierda. Veintiún muertos en Barcelona. El autobús seguía detenido y el Megane continuaba su marcha imparable al encuentro del Laguna rojo. Iba a pasar a su lado.

No parecía que hubiese niños en su interior.

Podía dejarlo para otro día.

No estaba fichada.

Pero tenía que hacerlo.

Sus huellas no estaban por ninguna parte. Solo era una estudiante de Arquitectura.

Reme ya estaba lejos.

09:12. El coche del juez estaba junto al Laguna rojo. El momento era ese. Y se escapaba. Tenía que decidir. No era lo mismo pensar en apretar el botón de un walkie que apretar el botón de *ese* walkie. Como no era lo mismo hablar de la acción armada con Eneko que darse cuenta de que nunca podría aislar el coche oficial de ese autobús escolar, detenido en el carril contrario.

Pero ella no estaba allí para pensar. Para eso estaban otros.

Ejecutar y olvidar.

En todas las batallas había víctimas inocentes.

Su dedo pulgar apretó el pulsador del walkie.

43

Eran las 09:12 de la mañana.

Estaba solo en casa y el abuelo llevaría unas tres horas poniendo cafés en La Valencita. Yo no había salido aún porque ese primer año las clases de Arquitectura me tocaban por la tarde. Estaba en la cocina tomándome un zumo de naranja con un dónut.

Entonces sonó.

Tan fuerte que no tuve ninguna duda: una bomba.

Cierro los ojos y puedo recordar aún la mezcla de sonidos: el trueno, el mayor de los truenos; los cristales de las ventanas, en cascada, como un orfeón de niños asustados que a su vez quieren asustar; las alarmas de los comercios y los bancos, con retraso, llegando a la fiesta a destiempo, como adolescentes sin interés alguno que cantan mal y tarde, ruidosos y molestos; los ladridos de los perros, los hijos ilegítimos de la ira, un coro amateur de adultos que no practican ni ensayan, desafinado, sin armonía alguna, salvajes.

Todavía puedo combinar a mi antojo todos los sonidos y separarlos, jugar con ellos, adelantarlos, aislarlos. Como si estuviera metido en una sala de estudio y los alternara en una mesa de mezclas. Igual que te gusta hacer a ti con las canciones, Pau. Reproducir antes el estallido de los cristales y después el de la explosión; primero el de las sirenas de las ambulancias y después el de las alarmas. Separar el griterío de los ladridos ausentes, de los perros sin dueño.

Toda la casa comenzó a oler a pólvora, a humo, a metal. No se podía entrar ni en mi habitación ni en la del abuelo. Una masa gris y marrón me invadió todo: los ojos, la nariz, la garganta. «¡Papá!», pensé. Salí disparado a buscarle cuando el sonido del teléfono me detuvo. Asustado, cogí la llamada. Era él. Estaba aterrado, pero quería mostrarme tranquilidad. Me decía que estaba bien. Y diría que lloraba, por la manera en que le temblaba la voz al hablar conmigo.

—¡No salgas de casa, Mateo!

—¡Iba a buscarte!

—Pues estoy bien, tranquilo. No te muevas, por favor. ¿Vale?

—Pero que estoy bien, papá. ¿Tú?

—Sí. Bien. Por favor, quédate en la cocina.

—Podré ir al baño, ¿no?

—Pero no te asomes a la ventana, por lo que más quieras.

No salgas, no mires, no toques. No, no, no. Todo inconexo, apresurado.

—En cuanto pueda voy para allá, hijo. ¿Seguro que estás bien?

El abuelo Juan, primero. Amparo, después, intentando hacer las veces de madre. Nunca se lo dije, aunque siempre tuve ganas: «Tú no eres mi madre». Joder, Amparo, no hagas como que te preocupas por mí, ya sé que llamas solo para preguntar por mi padre, que no te habrá podido coger el teléfono en la cafetería.

Puse la cadena SER. «La radio siempre va por delante», decía vuestra abuela Isabel cada vez que pasaba algo y quería enterarse de lo que había ocurrido. Y era verdad. Al cabo de unos minutos llegaba la información. ETA. Un coche bomba. Un juez. Su escolta. El chófer. Un atentado cuando parecía negociarse una tregua. Hay víctimas. Muchos heridos.

La televisión mostraba lo que las ramas del arce no me dejaban ver por la ventana. El autobús ardiendo. Humo. Mucho humo. Bomberos. Ambulancias. Policía. Estaba metido de lleno en la noticia. Aquel era mi barrio. Anoche pasaba por ahí. Parecía ciencia ficción. Cuerpos tapados con mantas térmicas amarillas. Hablaban de muertos. Uno. Dos. Tres. Eran palabras mayores. Comencé a llorar. Un acto instintivo, como quien bosteza. ¿Lloraba por miedo? ¿Por pena? ¿Por angustia? Lloraba porque estaba a solo treinta metros de tres cadáveres.

La persiana de la ventana de mi habitación se había salido, igual que los intestinos de un cuerpo recién apuñalado. Los cristales estaban por el suelo, por la mesa, por la cama. El polvo y el humo campaban a sus anchas. La vajilla blanca de mi madre, que mi padre guardaba como una reliquia, se había transformado en un puzle nuevo repartido por el suelo, entre carpetas y archivadores abiertos. Muy pocos libros habían aguantado en pie en los estantes.

No sé cuánto tiempo pasé en la cocina encadenado a la radio y a las imágenes sin sonido de Telemadrid, que emitía desde la esquina frente a mi ventana. Ventana que a su vez salía en la televisión.

Cuando me cansé de ver las mismas imágenes en bucle, intenté poner orden en aquel caos que había por todas las habitaciones. Quizá, colocando todo lo que el aparador había vomitado, conseguiría calmarme. También le vendría bien a mi padre no encontrarse la casa así.

Comencé a echar un vistazo a las carpetas y los archivadores. Por el suelo se habían salido fotos de mis padres: de pícnic en la Casa de Campo; cada uno con el remo de una barca del estanque del Retiro; en la Puerta del Sol, como si fueran turistas. ¡Habían viajado tan poco! Casi todas las fotografías estaban tomadas en Madrid. La cafetería era una correa muy bien amarrada al cuello de bulldog de vuestro abuelo.

Tal vez no tenía que haber abierto la carpeta verde. Dentro, todas mis calificaciones del colegio. Hasta las de la academia de música y la escuela de judo. Todas. Mi madre las había ido guardando con disciplina militar, ordenadas por fecha de antigüedad. Ahora yo las hacía desfilar ante mis ojos.

«Necesita mejorar en Educación Física. Sobresaliente en Matemáticas». Eso fue con el Prieto. Gracias a ese cabrón aprendí a sumar un número entero con una fracción. Al final del todo, los informes psicopedagógicos que nos enviaba el colegio. Cada dos o tres años, se suspendían las clases durante dos días para hacernos pruebas psicológicas de todo tipo: visión espacial, comprensión lectora, memoria auditiva, razonamiento lógico, integración social. Lo pasaba bien haciéndolas. Era igual que estar dos días entretenido con pasatiempos, y podría leer las soluciones diez años después.

Pruebas de 1994, año en el que me tenía que decantar entre ciencias o letras: «Área de intereses literarios. Entran en esta categoría todas aquellas profesiones que utilizan como medio de expresión el lenguaje. Noventa y cinco puntos sobre cien. El alumno en cuestión brilla sobremanera en esta materia. Su afición a la escritura, que destaca por un manejo altamente fluido del lenguaje, es muy elevada y puede resultar determinante en las profesiones basadas en el uso de la lengua. Profesiones relacionadas: ciencias de la información, políticas y sociales, derecho, profesor, sacerdocio, escritor». Escritor. Escritor. Escritor. Escritor. Noventa y cinco puntos sobre cien. Escritor. Escritor. Noventa y cinco puntos sobre cien. Escritor. Noventa y cinco puntazos sobre cien. ¡Noventa y cinco! ¿Por qué no habían prestado atención a esto mis padres? Me venían a la cabeza las respuestas que me daba vuestro abuelo a mis comentarios cuando le decía que algún día me convertiría en escritor. Tú, ingeniero. Tú, físico. Tú, matemático. Si eres un arquitecto podrás tener una buena casa, un buen sueldo con el que cuidar a tu mujer y tus hijos, tener un buen coche.

Seguí leyendo hasta encontrar el área de intereses artísticos: «Indica preferencia por la ejecución de trabajo creativo manual a base de color, dibujo y materiales atractivos. Diecinueve puntos sobre cien. Débil motivación para profesiones y labores de diseño, pintura, escultura y arquitectura. No tiene deseos de sobresalir en esta área. Profesiones relacionadas: fotografía, arte, escultura, arquitectura técnica, cinematografía, arquitectura». Arquitectura. Arquitectura. Arquitectura. Diecinueve puntos sobre cien. Arquitectura. Arquitectura. Diecinueve puntos. Arquitectura. ¡Diecinueve míseros puntos!

Arrojé al suelo los pocos platos que habían sobrevivido de la vajilla de mi madre, ampliando el puzle blanco sobre el parqué. Mi gran boda griega. Con las copas de cava parecía querer recrear el ruido de los cristales de las ventanas que acababan de reventar.

Ya tranquilo, calmado, me quedé esperándolo.

Mi padre llegó en cuanto pudo escaparse de la cafetería. Cuando entró, ya habían roto filas las notas y los informes, que volvían a estar encerrados en la carpeta verde. Yo quería estallar, quería gritarle que no tenía derecho a haberme dicho que escribir libros no iba a ser lo mío. Quería echarle en cara que me hubiera influido tanto con la mierda de la arquitectura.

Pero no pude.

No pude porque, según entró en casa, rompió a llorar. ¿Y qué hijo empuja a un padre que se le echa a llorar?

En lugar de empujarle, lo abracé.

En lugar de gritarle «¡Me engañaste!», le dije «Tranquilo, no nos ha pasado nada. Estamos bien, papá».

Pero, desde ese instante, ya no fui capaz de detener todo aquello que había estado pensando antes y que no me había atrevido a decirle a la cara. ¿Por qué, cada vez que empezaba a hacer algo que no le gustaba, me amenazaba con un fracaso encubierto? El fracaso. Mi fracaso como hijo, que, sin decirme, era su fracaso como padre. Nuestro fracaso.

Mi respeto a su opinión era tan grande que ese fracaso, aunque viniese más tarde, ya era inevitable. En todos esos años, me había hecho perder cualquier confianza en lo que hacía. Pasé a ser inseguro. Dubitativo. Y cuantos más años iba cumpliendo, mayores y más potentes eran las pruebas que me presentaba como muestras de mi inutilidad.

Pero callé.

Callé y lo volví a abrazar, quizá gobernado por un instinto de supervivencia en medio de aquel olor a muerte. En esos momentos, mis sentimientos eran secundarios. Pero notaba cómo el polvo que flotaba en el ambiente cargado de humo, ese polvo con regusto a sangre, había calado en mí. Y cuanto más se asentaba, más me iba expulsando de aquella casa en la que, aunque querido, también me sentía engañado. Las partículas de metal, que incluso podía llegar a masticar, me estaban creando un escudo con el que evitar todo aquello que pudiera hacerme daño.

—Te llamó Amparo —le avisé—. Para ver si estabas bien.

—No, Mateo. Era para ver cómo estabas tú. —Siempre intentaba romper lanzas por ella—. A mí ya me había llamado a la cafetería.

Me salía solo. No podía evitarlo. Cada vez que nombraba a Amparo, le añadía toda la inquina posible que almacenaba en las vísceras. Pronunciar su nombre me dejaba un regusto a hiel en la boca, y el abuelo se daba cuenta.

Lo tuve claro: tenía que salir de allí.

Cuanto antes.

Irme. Por mucho que no fuera el mejor momento.

Si no era en lo que quedaba de curso, sería ya para el siguiente.

Tiré mis cartas y salió Barcelona. La Universitat Politècnica de Catalunya me acogió.

En la Escola d'Arquitectura conocí a vuestra madre.

Es curioso, pero si no hubiera sido por aquella explosión, probablemente nunca habríais nacido vosotros.

44

La onda expansiva la había tirado al suelo. El humo que le irritaba los ojos ocupaba todo. Sintió miedo. La explosión parecía un gigante de brazos enormes que se alargaban cada vez más. Tampoco oía casi nada, solo unas alarmas a lo lejos. Tocó la funda de la pistola y situó el dedo índice junto al automático por si tenía que usarla.

El autobús del semáforo se había convertido en una inmensa bola de fuego. Sobre las aceras, una tormenta perfecta de cristales. Miró a su lado y una pareja de recién casados la miraban sonrientes. ¿Se estaban riendo de ella? El cristal se había rajado, pero el marco de la foto estaba bien. Debían de haber salido volando del recibidor de alguno de los pisos de ese edificio naranja. ¿Seguirían juntos a partir de ahora?

Una mujer estiró el brazo para ofrecerle ayuda. Con un movimiento de la cabeza la rechazó. Estaba bien. Pronto se acordó del chico y la chica de catorce años y se levantó rápido. Comenzó a buscarlos entre el humo que se iba disipando. ¿Y si también se habían convertido en daños colaterales?

Los vio al otro lado de la calzada. El chico abrazaba a la chica de falda gris y leotardos azules sin soltarla. Ella tampoco lo soltaba. Sus caras, negras como si acabasen de volver de la mina de Gallarta. Respiró un poco más aliviada.

Tenía que haber calculado mal dónde ubicarse. Eso o que el coche llevaba explosivo de más. No se le había pasado por la cabeza un escenario tan salvaje, pero tenía que seguir con lo planeado: caminar con calma, ofrecer ayuda a quien lo necesitase, aunque sin insistir demasiado, y marcharse de allí cuanto antes.

A la cafetería de Juan no debía acercarse, pero algo la llamaba.

¿Estaría bien?

Necesitaba confirmarlo. Sería solo un instante. Además, bajo los toldos rojos estaría en un refugio tranquilo y borraría cualquier sospecha que pudiera tener Juan. Como el asesino que se oculta siempre entre las patrullas que buscan al desaparecido en las batidas por el bosque.

45

Hay unas mesas libres al sol en la misma cafetería del otro día. Elijo un desayuno diferente: café solo, una porra y un vaso de agua, que sé que no me van a traer.

—Papá, ¿por qué los camareros no hacen ni puto caso a lo de traer el vaso de agua?

—¿Cómo?

—Sí. Tú pides unos churros, un café, un zumo de naranja y un vaso de agua, y te traen todo menos el vaso de agua.

—Yo lo llevaba todo —contesta pensativo.

—El noventa por ciento de los camareros no te traen el vaso de agua.

—El noventa por ciento de los camareros son malos camareros. Hay pocos que sean profesionales. Bueno... en general hay pocos trabajadores profesionales.

Dos gorrillas de los del otro día gritan al conductor de un Mercedes blanco, a unos metros de nuestra mesa. Negros que podrían ser de Ghana o de Costa de Marfil. Solo por eso ya me gustaría tener conocimientos de antropología. Para poder decir si un negro es de Ghana, Camerún o Senegal. O si los asiáticos de la mesa de atrás son chinos, coreanos o japoneses. La discusión de los gorrillas con el conductor sube de tono. No les quiere dar dinero después de haberle indicado dónde aparcar. Mi padre mira cabreado.

—Puto rata —masculla—. ¿Sabes dónde duermen esos pobres por la noche?

—Ni idea.

—Pues en unas naves abandonadas de Fuencarral. Salió hace poco en el periódico, en la sección de Madrid. Ahí, detrás de Chamartín —cuenta señalando con su mano temblorosa más allá de los árboles.

—Ya, joder, pero le están obligando a pagarles una limosna. La limosna la das si quieres y si no no. Le están coaccionando. A ver, que yo se la daría, pero parece un impuesto revolucionario.

El del Mercedes blanco se marcha bien erguido hacia el Ramón y Cajal. Parece pavonearse de no haber cedido y de no haber perdido un euro contra los que yo creo que son ghaneses.

—Nunca te lo he contado —le digo.

—¿El qué?

—Pues lo que te voy a contar.

—A ver.

—Lo que pasó dos noches antes del atentado.

La sirena de una ambulancia que se dirige a las Urgencias del Ramón y Cajal nos hace callar. Un nuevo intento de resucitar un corazón parado o de taponar la grieta de un cuerpo que se desangra.

—¿Qué pasó? —Acerca la cabeza más a la mesa para escucharme bien. Ese tema del atentado le interesa tanto como a mí y me sirve para desbloquearle.

—Pues que esa noche yo venía del Bernabéu. Había sido un partido fácil. Cuatro a cero al Sporting de Lisboa, y asegurábamos el liderato del grupo de la Champions. Era la liguilla de la temporada 2000/2001.

—Ya. Me acuerdo.

—¡Qué te vas a acordar!

—Morientes marcó dos —se chulea como el mago que acierta la carta que has cogido del mazo.

—No te creo.

—Míralo —dice todo orgulloso.

Justo en ese momento, viene el camarero que sí me trae el vaso de agua y me deja mal al haber entrado en ese cupo del diez por ciento de camareros profesionales que nos hemos inventado antes.

—Que lo mires. Vas a ver.

—Ah, perdona. Que con esto de que el camarero me haya traído el agua...

Se ríe. Saco el móvil y veo que esa noche habían marcado Guti, Savio y Morientes, dos veces.

—Es increíble, papá. Pero ¿cómo narices te puedes acordar de eso?

—No es tan increíble. Estaba puesto el telediario todo el rato en La Valencita y escuchabas las mismas noticias muchas veces. Las cosas se te acababan grabando. Y las que te gustaban, más. Sin contar que, además, yo siempre fui de Morientes.

—Ya, pero te acuerdas de eso, papá. ¡Con la de miles de partidos que habrá habido!

—Los buenos camareros tenemos memoria.

—Menos para los vasos de agua —me río—. Venga, listillo, dime los afluentes del Ebro.

—¡Y yo qué sé! Ya te he dicho que yo ponía los vasos de agua siempre. Bueno, sigue. ¿Qué pasó?

—Pues nada, vuelvo a casa desde el metro, y a esas horas la calle ya estaba vacía. Daba mal rollo.

—Como siempre. Pero nunca sucedía nada.

Cinco gorriones se suben a la mesa. Parecen interesarse en la historia. Como los gorrillas, también piden propina, aunque la exigen sin haber hecho nada a cambio. Y mientras les tiro migas de la porra revenida, me viene a la cabeza mi padre convirtiéndose en un gorrión más y echando a volar.

—Pues te decía que había pasado ya la zona de los pisos de reinserción a toda leche por si me llevaba algún susto. Y el caso es que me meto por fin en General Kirkpatrick, voy andando por la acera y, justo cuando estoy a la altura de la tienda de artesanía, aparece al final de la calle un coche de policía circulando muy despacio. ¡Pero que muy despacio, eeeh! Casi parado —insisto.

Me doy cuenta de que con el sobrecillo de azúcar del café estoy reproduciendo el movimiento del coche patrulla sobre la letra hache de «Mahou» encima de la mesa.

—¿Y?

—Que, según se va acercando a donde estoy yo, reduce aún más la velocidad y se pone a mi altura. Circula a mi ritmo y baja la ventanilla. «Buenas noches. ¿Dónde va?», me pregunta un poli joven. «A mi casa», le digo. «¿Y dónde vive?». «En avenida de Badajoz, 62». «¿Y de dónde viene?». «Del Bernabéu». «De acuerdo, buenas noches». «Pero ¿por qué me lo preguntan? ¿Pasa algo?». «No, no. Tranquilo, buenas noches». «Buenas noches».

—¿Cómo eran físicamente? —Me sorprende su pregunta.

—Pues al que conducía no le pude ver bien, tenía barba, creo, pero el que bajó la ventanilla y habló conmigo era un calvo con brazos enormes y perilla. Era muy peculiar.

Veo cómo mueve afirmativamente la cabeza, como si en su mente estuviera cerrando los detalles de otra historia.

—Y dos días después, el atentado —adelanta.

—Sí. «Tranquilo», me soltaron. Si quieres que alguien esté tranquilo, no le digas: «Tranquilo». Ni me pidieron el DNI ni nada. Les valió mi respuesta.

—Algo se olían.

—¿A ti no te preguntaron? —Noto que se revuelve en la silla igual que si una lagartija se le hubiera metido por el cuello del polo blanco.

—Bueno, lo básico. Sí, pasaron policías por la cafetería. Claro. A fin de cuentas, pasaba mucha gente por allí.

—¿Y?

—Nada importante.

«Nada importante», responde. Nada importante. Y en ese instante me doy cuenta de que me está mintiendo. Pero no me importa. Me siento un capullo por haberle sacado el maldito atentado en esos momentos, como si, ahora mismo, fuera más importante mi novela que sus sentimientos. Lo único que tengo que hacer es sacarle una sonrisa. Su sonrisa callada. Y no una. Muchas. Cuantas más, mejor, para quedarme con todas ellas en la cabeza. Aunque sea por puro egoísmo.

Intentar guardarlas en un disco duro bien escondido del que nunca se me puedan borrar. Fotografiar esa sonrisa canalla que tiene. Unos dientes naturales, bien alineados, pero no perfectos de ortodoncia. Hace sesenta años, en el pueblo, solo llevaban hierros en los dientes los caballos de tiro con su bocado. Así que comienzo a hablarle de vosotros, de su Pau y de su Marc, que eso siempre funciona. Clic. Y del Real Madrid. Clic. Empezamos a hablar del mercado de fichajes, que también le encanta. Clic. Esto es un poco como las bodas de verano en el mundillo del corazón. Clic. Y a recordar partidos míticos en el Bernabéu. Clic. El gol de Zamorano al Deportivo en la liga de Valdano. Clic.

Comienza a regalarme sonrisas que van horadando un enorme vacío en mi interior. Cuanto mayor es la sonrisa, mayor es el agujero que voy sintiendo en el estómago. Y me doy cuenta de que el coche patrulla que tengo entre las manos lo he ido rasgando poco a poco y ya casi no existe. Lo he destrozado. No queda sobrecillo de azúcar. Parece como si hubiese estado luchando contra todas las células malditas que devoran sus entrañas.

46

Se tocó el bolsillo de la chaqueta y comprobó que, pese a todo, el detonador seguía en su sitio. Con solo haber apretado un botón, había conseguido cambiar el paisaje del barrio, como si fuera la tramoyista que había dispuesto ese nuevo escenario.

Seguía bastante aturdida. ¿Se habría puesto en pie demasiado pronto? Tampoco conseguía distinguir bien los ruidos, por mucho que abriese y cerrase la boca para destaponar los oídos. ¿Y si la explosión la había dejado medio sorda o había afectado a su equilibrio?

Avanzó un poco más por Torrelaguna, como tenía pensado, y se detuvo frente a la cafetería: cientos de cristales alfombraban la entrada. Dos de las ventanas habían estallado y, en la puerta, las guerreras de la máquina tragaperras cerraban el paso, como si hubieran tomado el mando victoriosas tras un motín en el interior.

Al poco rato, por la ventana huérfana sin cristal, asomó Juan, que parecía el cuco de un reloj de pared abandonado. Trazos de sangre muy roja le manchaban la camisa blanca, a juego con el toldo medio descolgado que volaba sobre él. Tenía algún corte en los brazos y en la cara, pero parecía estar a salvo de esa lucha a muerte contra las guerreras.

Los ojos de Juan miraban a un lado y a otro, hasta que la vio y salió corriendo hacia ella por el escaso hueco que dejaba la máquina tragaperras.

Gritaba y alzaba los brazos. Pero no conseguía distinguir lo que le decía.

Solo lo veía correr hacia ella.

Se iba asustando cada vez más, cuanto más cerca le tenía. ¿Qué le iba a hacer?

Hasta que comenzó a dejar de verlo.

Cuando se quiso dar cuenta, él la estaba sujetando entre los brazos y le sostenía la cabeza.

«Te vas a poner bien», le escuchó decir mientras le pasaba el pelo por detrás de la oreja.

No fue mucho tiempo.

Unos segundos. O unos minutos.

Lo necesario para que sus palmadas en la mejilla la despertaran.

Unos segundos. O unos minutos.

Los mismos que había durado la reanimación cardiopulmonar, que ella, Lucía y no Blanca, había efectuado a Mariano.

Unos segundos. O unos minutos.

Tantos como ella, Blanca y no Lucía, empleaba en la barra para cambiar de tema en cuanto él le preguntaba cosas que no debía responder.

Poco más estuvieron sus ojos cerrados, pero fue el tiempo suficiente para que perdiera el control sobre la pistola que llevaba un rato bailándole en la funda tras la explosión, oculta en la larga chaqueta negra.

Nunca más volvió a ver la Parabellum.

Tenía que haber sido él, pero no podía preguntárselo. No podía haber perdido de vista esa pistola de otra manera.

Quizá fue cuando él la sostuvo entre los brazos, en esa recreación transgresora de la *Pietà* de Miguel Ángel. O eso creía recordar.

47

«Mi padre se está muriendo», le escribo a Raquel en un mensaje. No sé qué me lleva a hacerlo, pero siento que nadie puede comprenderme mejor en ese momento. Su marido entró en coma por el coche bomba y falleció a la semana. Mi padre entró en un coma diferente por esa explosión, pero no falleció. Su pérdida de conciencia y sensibilidad fue otra. Menos intensa, mucho más prolongada. De veinte años de duración para ser exactos. Veinte años sin recibir tratamiento porque nadie quiso buscarle una solución, ni el propio enfermo (igual no se daba ni cuenta) ni sus familiares (yo).

Me invita a ir a verla a su casa y vuelvo a pasar por lo mismo que la primera vez. Otra media hora mirándome al espejo con distintas camisas y pantalones. Esto es aún más absurdo. Más colonia de Dolce & Gabbana. Necesito ver a Raquel para que me siga contando. Un polo negro de Timberland. Para poner en común nuestros comas: el de Javier y el de mi padre. Las zapatillas blancas nuevas de Reebok. Pero antes dejo enviado a Nerea el presupuesto de los vestuarios del polideportivo revisado a la baja, como me ha pedido.

En cuanto llego a su adosado de Arganda y me acerco a la puerta, Axel arranca a ladrar y yo trato de calmarlo pronunciando su nombre. Enseguida debe de reconocer mi voz: calla rápido. Eso o que ha localizado, entre su inmenso archivo de olores, el matiz de canela de la Dolce & Gabbana de la tarde en la que nos conocimos en La Nueva Valencita.

Raquel lleva los mismos Levi's y una blusa diferente a la del otro día. Esta vez es gris, pero también se le trasparenta un sujetador negro. Enseguida me pasa al pequeño jardín trasero y, como si estuviéramos de nuevo en nuestro primer encuentro juntos, saca sin preguntarme unas cervezas frías y unas olivas verdes, un poco más oscuras que el color de sus ojos.

Igual que en la ocasión anterior, casi quitándome la palabra, comienza a hablar de la semana en coma de Javier. Nunca se lo había dicho a nadie. Lo muy desfigurado que estaba. Nunca. Que le daba pánico mirarlo. Pánico. Que no había parado de hablarle porque sentía que la escuchaba, pero que era incapaz de mirarlo en ese estado. Incapaz. Y que no había parado de llorarle en esa semana.

Justo como parece querer hacer ahora al recordarlo.

Así sí, Raquel. Así sí. Sin máscaras. Sin caretas.

Que realmente deseaba que se muriera. Que no era justo que se quedara viviendo en ese estado. Aquel no era Javier. Era un monstruo usurpando el cuerpo de Javier. Y tampoco era justo para ella tener que dejar de vivir la vida para convertirse en la esclava anclada, por infinitos tubos y cables, a ese abeto humano.

Una avispa juguetea entre las aceitunas y las cervezas, con ese vuelo incómodo que tanto me desconcierta. No es el momento ahora y le suelto un manotazo por inoportuna, por mucho miedo que les tenga.

Ver a Raquel así me hace tambalear un poco, porque yo también comencé a llorar cuando confirmaron por la radio que había tres muertos en el atentado de la avenida de Badajoz, que luego subieron a cuatro con su marido, enjaulado en esa bola roja de fuego en la que se había convertido el autobús.

La abrazo.

Y trago saliva. Parece que las glándulas lacrimales de Raquel están unidas a las mías por vasos comunicantes, y todo lo que rebasa sus párpados puede trasvasarse a los míos, convertidos en los aliviaderos de su presa.

Pero me doy cuenta de que no lloro por Javier, ni por la putada tan grande que le hicieron. Lo hago por mi padre, pienso en esa cuenta atrás que ya ha comenzado y que le va a convertir en otro abeto humano. Imparable. Y también lo hago por vosotros (incluso en este momento os tengo presentes), porque ya no corréis a despertarme a la cama ni me pedís que os haga cosquillas u os lance al aire. Tampoco necesitáis que os lea un cuento antes de dormir. No es vuestra culpa, lo sé. Pero es una mierda.

La mano suave de Raquel acaricia el cuello rígido que se esconde bajo mi pelo. Y me susurra un «tranquilo» igual que si fuera una domadora de caballos tratando de ganarse la confianza de un percherón enfadado. Apoya su frente sobre mi testuz como si quisiera compartir conmigo lo que le ronda por la cabeza: cómo la habían dejado temblando en vida y lo que tuvo que pasar desde el momento en que una mano desconocida apretó el mando a distancia del detonador y el cuerpo de Javier absorbió la onda expansiva, que le dio de lleno. Un poquito menos de lleno que al juez, al escolta y al chófer. Pero de lleno. Un puto conductor de autobús. No era ni más ni menos injusto que los otros. O sí, sí lo era. Quizá era más injusto. Los otros se dedicaban a eso: a fin de cuentas, podrían tenerlo presente de una u otra manera. Incluso en su sueldo llevarían un plus de peligrosidad. Un juez puede darle vueltas a eso mientras se ducha y es consciente de que el escolta le está esperando en la puerta de su casa. Incluso el propio chófer lo pensaría cuando revisara cada mañana los bajos del coche, fiel a ese tétrico protocolo. Pero Javier no. Javier no podía tenerlo presente.

Los dos sabemos lo que va a pasar ahora. En este momento, ambos lo necesitamos para poder vivir, para poder respirar. Es nuestra manera de enfrentarnos a la angustia de la muerte pasada y presente, porque la muerte de mi padre ya ha cogido su turno y está sentada en la sala de espera, mirando en la pantalla los números que quedan hasta que salga el suyo y pueda proceder. Y ya le va a tocar. Cuatro o cinco números tiene delante, pocos más.

Raquel me agarra de la mano y me sube al dormitorio. Arrastrado por las riendas con las que me conduce, la sigo por unas escaleras de madera que resuenan a cada paso que doy, como si los peldaños estuvieran acostumbrados a su ligereza, pero no a la carga extra que aporto yo.

Me excita ver el culo que le marcan esos vaqueros y tampoco puedo parar de imaginarme quitándole esa blusa gris. Porque esa blusa gris me va a llevar a ese sujetador negro. Y ese sujetador negro a las tetas que me he imaginado ya unas cuantas veces desde que la conocí.

Y sé que no os debería contar esto. O sí. ¿Por qué no? Como si ya lo hubiéramos hecho antes, Raquel me empuja hacia la cama y casi no me da tiempo a disfrutar del tacto de sus vaqueros y su blusa. Del suave roce del encaje de su sujetador que separa mis dedos sudados de sus pezones ya erizados. Cuando me quiero dar cuenta, Raquel está subida encima de mí, a horcajadas, liberándome de esos calzoncillos que ya iban a reventar, y su crin negra comienza a bailar de arriba abajo. Ella es, al mismo tiempo, la amazona que me quiere domar y la yegua recién llegada a la hípica a la que yo, caballo percherón, quiero montar. Aquí no hay vecinos pegados a los tabiques y me sumo a esos gritos que da ella y que tanto me excitan.

Me hace galopar rápido.

«Más rápido», parece decirme.

Lleva todo el control desde su montura.

Parece una carrera que quiere ganar.

Y yo también quiero que la ganemos.

Pero no quiero que esa carrera termine nunca.

Quiero otra vuelta.

Pero acaba.

Acaba.

Desgraciadamente, la carrera acaba y me acaricia con la mano mientras sigo jadeando.

Tumbada a mi lado, Raquel me mira con esos ojos iluminados por la lámpara de plástico blanco del IKEA situada sobre la mesilla de noche. Le acaricio la mejilla, reconociéndola como una buena domadora. El percherón asilvestrado ha encajado con su amazona.

—Nunca me había acostado con un arquitecto —me dice sonriendo.

—¿Y con un escritor?

—Tampoco. ¿Quieres? —pregunta extendiéndome un paquete de Marlboro que descansaba junto a la lámpara.

—No sé fumar.

— Siempre hay una primera vez.

—Me pondría a toser. Haría el ridículo y rompería este momento.

—Venga, dale.

—Que no, que no. Déjalo, de verdad. No quiero dañar la imagen de arquitecto interesante. —Es al pronunciar esa maldita palabra, «arquitecto», cuando Laia me viene a la cabeza. Desde que nos separamos, es la primera vez que me acuesto con otra mujer. No había pensado en ella en todo este tiempo, pero vuestra madre me viene a la cabeza. Como un torrente de imágenes que no puedes controlar. Me veo con ella en Coney Island, en nuestro viaje de novios. Los dos queríamos ser diferentes. Sí, estábamos en Nueva York, pero no nos valía con ver el Empire State ni el World Trade Center. Éramos arquitectos. Central Park estaba muy bien, pero solo había sido el conejillo de indias de Olmsted y Vaux, los arquitectos que después diseñaron Prospect Park, en Brooklyn, donde corrigieron los errores que habían cometido en Central Park. Y ahí teníamos que ir, a aprender de sus fallos.

Años después volvimos con vosotros. Nuestro último viaje los cuatro juntos. Nosotros tampoco supimos aprender de nuestros errores.

48

Un orangután era devuelto a su hábitat, después de años hacinado en los dos metros cuadrados de una jaula de circo entre excrementos y restos putrefactos de plátanos y manzanas. Recordaba perfectamente los vídeos de documentales que echaban en La 2 en los que dos cuidadores rodeaban la caja donde habían transportado al animal a la zona profunda de un bosque de Indonesia, tras meses de adaptación en un recinto de semilibertad. Deslizaban la puerta, o más bien la guillotina, con la que se iban a cortar los vínculos con el animal, y sonreían (también con tristeza) al verlo salir y comenzar a trepar unos árboles que parecían no tener fin. Más de una vez, el primate se giraba a echar un último vistazo a quienes le habían devuelto a la vida. Incluso, en ocasiones especiales, llegaba a tener algún gesto de cariño con el cuidador con el que había establecido una relación casi humana, como si fuera consciente de que nunca más volverían a verse o que era un momento que podría acabar saliendo en todos los telediarios del mundo.

Malen sabía que su periodo de adaptación frente a la caja registradora número tres del supermercado Champion de Mérignac estaba llegando a su fin. Había sido el mejor recinto de semilibertad por el que moverse tranquila. Y, más aún, con la pequeña cría que la acompañaba desde hacía ya dos años: Jon, su pequeño *gudari*, estaba ya enorme. Se preguntaba casi a diario cómo habría podido criarle si no hubiera llegado a salir con Philippe, el jefe del supermercado, su cuidador durante su periodo de semilibertad. ¡Sin una sola pega a los cambios de turno cuando Jon se ponía malo, avisándole de cada ayuda social que podía pedir, e incluso ofreciéndole el dejarle en la guardería de un conocido casi gratis!

Solo había tenido que aprender a decir «Quarante et un euros et cinquante centimes, s'il vous plaît», y esperar los billetes o la *carte de crédit* de los clientes que pasaban por allí. A veces se preguntaba si habría cubierto ya todas las combinaciones posibles de euros y céntimos desde el cero hasta el cien. Después de más de dos años atada a la cinta transportadora, únicamente le quedaría por cantar alguna combinación extraña como *quarante-neuf euros et vingt-sept centimes* o *trente-trois euros et dix-neuf centimes*.

Bonjour. El lector de los códigos de barras la había ayudado a ir borrando su memoria a base de pitidos agudos. Pip. A no pensar. Pip. A no tener miedo. Pip. Un gran tratamiento de electroshock. Pip. A dejar que el tiempo pasara, porque allí, en Mérignac, había vuelto a ser Malen. Pip. La tarjeta pinzada sobre su camisa blanca de rayas verdes y rojas lo decía sin escrúpulos: MALEN MEDINABEITIA.

Dix euros et soixante-trois centimes. Soixante-trois. Ya siempre iría unida a esa cifra: sesenta y tres. *Soixante-trois.* Sesenta y tres. Cero cero seis tres. Aún recordaba la matrícula de ese autobús que nunca tenía que haber aparecido por allí. Ese conductor tenía que seguir vivo. *Merci beaucoup*.

No había vuelto a tener contacto con la banda. Ni lo quería. Parecía parte de un acuerdo mutuo de no agresión. Con ese coche bomba les había dado mucho más de lo que habían hecho otros *gudaris*. No le podían exigir más. Suficiente. Ella tampoco necesitaba nada. No estaba hecha para eso.

No sabía muy bien cómo andarían; la actividad había bajado mucho. Cinco muertos en 2002. Tres muertos en lo que llevaban de 2003. Nada que ver con los veintitrés del 2000. Tampoco le importaba.

Después de esos años largos *estudiando* en Francia, tenía ganas de volver a casa. Irati y Ane tenían que haber dejado de sospecharlo hacía tiempo. Lo tenían que saber.

Esa misma tarde tenía una prueba con el equipo femenino del Burdeos. Tendría que avisar en el *jardin d'enfants* para que se quedaran más rato con Jon. Sabía que era la mejor de largo en los partidillos que echaban en el Parc de Bourran, bajo los aviones que continuamente entraban y salían del aeropuerto, y aquel ojeador del Burdeos lo había visto claro: tenía potencial para vivir de ello y tenía que intentarlo.

No le fallaría.

49

Nerea me está echando la bronca por teléfono. Lo bueno de que no me vea es que puedo poner los pies sobre el escritorio de mi habitación. No le gusta la distribución que he propuesto para la zona de oficinas dentro del polideportivo. Que si son unas oficinas con demasiada luz, que si pretendo matar a los administrativos que van a trabajar ahí, que si no me doy cuenta de que eso es Jaén y no Estocolmo y no necesitan el sol. «¿Acaso va a trabajar alguien allí por las tardes? —pienso yo—. ¿Con cuarenta grados a la sombra?». Pero no digo nada. Cuando entra en ese bucle destructivo de querer cambiarme todo el proyecto, lo mejor es estar callado hasta que se le pase y empiece a recular y pueda acabar dejando todo como lo pensé inicialmente. Dejarla hablar y, mientras se explaya, mirar por la ventana, leer los correos electrónicos o consultar los resultados de la Premier League.

En pleno sermón, me viene Malen Medinabeitia a la cabeza porque el otro día, buscando alguna foto suya después de encontrármela en los recortes de mi padre, me quedé sin ponerle cara por la llamada del sacerdote. Así que aprovecho su crítica a la ubicación que he elegido para las escaleras exteriores y tecleo su nombre. Muchos resultados son estadísticas como jugadora y entrenadora, o declaraciones suyas sin imágenes.

Pero acabo dando con ella.

Al principio, la foto que sale de ella me recuerda a alguien.

—Sí, tranquila, le doy una vuelta a eso que dices —contesto a Nerea para calmarla.

Se parece a Lucía, la chica que conocí hace veinte años en la cafetería de Arquitectura, la corredora del pinar.

—Sí, Nerea, puede ser. Igual tienes razón.

Pero según veo más imágenes suyas, lo tengo claro. Malen no se parece a Lucía. Malen es Lucía. La misma cara, con alguna arruga más. El mismo pelo liso, con un aspecto un poco diferente.

Es ella.

La misma que desapareció del barrio de la noche a la mañana. Y del pinar. Y de Arquitectura. La misma a la que no encontré. La misma a la que estuve buscando hasta que una vecina de su bloque me contó que se había tenido que volver a su pueblo de Burgos a cuidar a su madre, que se había roto la cadera. «Burgos, de ahí era ese acentillo que tenía», pensé en su momento. Y, poco a poco, la fui olvidando. Con cierto dolor, porque se había ido sin decirme nada, pero también con orgullo: si no quería saber nada de mí, yo tampoco de ella.

—¿Mateo? ¡Mateo! —Escucho gritar a Nerea, como si ya llevara un rato haciéndolo.

—Disculpa, se debió de ir la cobertura.

Pero ¿por qué se ha cambiado el nombre? ¿Malos tratos? ¿No se llamaba Lucía? ¿Y por qué estaba en la carpeta de mi padre? ¿De qué la conocía? ¿O simplemente le gusta o la admira? A fin de cuentas, es entrenadora de primera y llegó a jugar en la selección.

—Y los baños, joder… Ya te dije que eran demasiado pequeños —protesta.

—El próximo lunes te entrego la nueva versión de los planos y ya me comentas qué te parece.

Es mi respuesta estándar con la que suelo despedirme en estas llamadas de Marta González, Arquitectos.

50

Dejó el periódico abierto sobre la mesa de la cocina de su pequeño piso de Mérignac. Empujó la silla hacia atrás con toda la fuerza de los brazos, tirando el vaso de agua sobre el mantel, y salió corriendo hacia el baño.

La tortilla que se acababa de cenar flotaba ahora en el agua del inodoro, deconstruida en restos amarillos mezclados con una papilla marrón del café y del *pain au chocolat* que se había tomado en su descanso de la tarde en el supermercado. El propio olor de su vómito le generaba más náuseas. Que Jon no se despertara en ese momento. Solo pedía eso.

Sabía que no había acabado aún, la garganta se preparaba para seguir arrojando más materia de sus entrañas. Quedaban más arcadas. Vomitar el pasado era una tarea lenta y asquerosa, sobre todo si parte del caudal se desviaba hacia la nariz y le arañaba hasta los ojos, arrastrándole lágrimas que nunca lloró.

Después de enjuagarse y lavarse la cara y los dientes, se asomó a ver a Jon. Seguía dormido. Ahora de lado, con la cara girada hacia la ligera brisa que entraba por la ventana. ¿Vendría del mar? Tampoco estaban tan lejos. ¿Cien kilómetros tal vez? Bajo la tenue luz roja de la lámpara con forma de seta, Jon movía los labios como si siguiera mamando. Pensó en sacarle de la cuna y abrazarle bien fuerte. Pero no era el niño quien necesitaba ese abrazo. Era ella.

Con las yemas de sus dedos alargados acarició suavemente los mofletes de Jon, que le respondió entre sueños con un pequeño chasquido de la lengua contra el paladar. Después de un rato mirándolo, volvió al salón.

Empezó, de nuevo, a leer la noticia, ya con más calma:

> El miembro de la organización terrorista ETA que murió ayer a causa de las heridas sufridas en un accidente de tráfico cuando intentaba evitar a una patrulla de la gendarmería francesa, en las cercanías de la localidad de Marmande, es Eneko Solaetxe González, según han informado las fuentes de la lucha antiterrorista.
>
> Solaetxe González, de 23 años, llevaba huido desde 1997, aunque sin reclamaciones judiciales. En el coche del terrorista, los agentes encontraron una pistola, placas de matrículas falsas, documentos de identidad españoles y franceses falsificados y documentos escritos que le vinculan con la banda.
>
> Por la tarde, unos agentes de la Ertzaintza disolvieron en el Casco Viejo de San Sebastián una manifestación en homenaje al supuesto etarra en la que participaban cerca de 200 simpatizantes de la izquierda *abertzale*. Los manifestantes portaban una pancarta con el lema *Eneko, gudari, herriak ez du barkatuko* («Eneko, soldado, el pueblo no perdonará»). La policía autonómica empleó porras y pelotas de goma para disolver la marcha.

Cuando, la tarde anterior, había leído la noticia del fallecimiento de un presunto terrorista al huir de un control, claro que se le había pasado ligeramente por la cabeza que pudiera ser Eneko. Por supuesto que cabía la posibilidad. A fin de cuentas, ya no tenía ningún contacto con él y no sabía por dónde andaría. Pero trataba de quitarse la preocupación pensando en cualquier otro miembro de la banda. ¡Con todos los que habría en Francia en esa situación!

Cogió el vaso caído de la mesa y volvió a llenarlo de agua. Ya pasaría una bayeta después. Se asomó a la ventana, frente a la autopista dormida, y vio a Eneko, con su melena recién estrenada, presentándose en el bar de Jokin. Los botes golpeaban el pantalán de Santurtzi mientras la mano grande de Eneko le rozaba la mejilla y ella cerraba los ojos. Los volvía a abrir y estaban en el parque del Calero, junto a Tom Hanks y Russell Crowe. Él, más tenso, con esas arrugas que se le marcaban en la frente. Incluso enfadado estaba guapo. Pero le prefería gozando, como en el sofá morado del piso de Virgen de la Monjía, cuando ella le besó su sexo por última vez y él la hizo vibrar como nadie más había vuelto a hacerlo. Le recordó embistiéndola con sus ojos pardos y esa sonrisa de placer que le devolvía.

La última vez que le vio fue su primera tarde en Mérignac. Recién llegada. Los contactos para el piso, la entrevista en el Champion. Todo encarrilado. «Piénsatelo, por favor. Te necesitamos más que nunca», le dijo al despedirse. Solo fueron cinco minutos.

Pero había respetado su decisión de no querer saber nada más de la lucha armada. Y había conseguido que, desde la organización, se olvidaran de ella durante todo ese tiempo, y quería pensar que también en adelante. Esa loba solitaria, que no pertenecía a ningún comando ni casi había participado en un *talde*, jamás había existido.

Se acercó a la cocina. Todo estaba por recoger: la sartén con el aceite, los restos de la papilla que Jon había tirado al suelo, las pieles del calabacín y la berenjena sobre la encimera. Abrió la nevera y sacó la botella de vino. Un Château Pavie, A. O. C. Saint-Émilion, de 2001. «Para una ocasión especial», le había dicho Philippe cuando la guardó emocionado en el frigorífico unos meses atrás.

Era la noche para abrirla. Noche de luna llena, como les gustaba a las lobas solitarias.

Sacó una de las copas de la pequeña vitrina del salón y la llenó. El sonido del vino contra el cristal se mezclaba con el que entraba por la ventana: el traqueteo de un coche que pasaba sobre el badén que había justo antes de la glorieta.

Alzó la copa de vino a la luna y brindó por Eneko con aquel Pavie.

51

Vuestro abuelo pasa cada vez más tiempo en el sillón o en la cama. Se levanta cada día un poco más tarde y ya no va tan religiosamente a su clase de saxo con Rolando. Después comemos y compruebo que sus siestas en el sillón verde se alargan a diario. Su vida, o lo que va quedando de ella, empieza a gravitar de forma progresiva sobre el mundo del inconsciente, mecido por los calmantes y barbitúricos, en los que ya se está iniciando.

Esta tarde, después de comer, mientras duerme con la cabeza apoyada sobre la oreja del sillón y la boca bien abierta, aprovecho para escribir a su lado. Hasta que se despierta y, al verme con el ordenador, me pide perdón, como si justo acabase de soñar algo que le hubiera llevado a ello.

—Pero ¿por qué me pides perdón, papá?

—Nunca te apoyé en tus locuras ni en tus sueños —se lamenta—. Al final tendemos tanto a proteger a los hijos que nos pasamos la vida diciéndoos que no.

Todo el vello de los brazos se me eriza, igual que si estuviera viendo cómo una serpiente de cascabel repta tranquila por la alfombra del salón, junto a mis zapatillas. ¿Qué les pasará a todos los tíos a los que ahora les ha dado por depilarse los brazos? Han amputado las señales de alerta de su propio cuerpo.

Mi referente, el enorme roble que jamás caería, el gigante que me ponía a hombros frente a Cortylandia cuando tenía cinco años, me está pidiendo perdón. Me extraña tanto que me deja enmudecido. Callado, por ese arrebato de valentía después de toda una vida escondiéndose. Por ese adiós que parece decir a la vergüenza congénita que domina todos sus actos. Por ese puente de Brooklyn (o de Queensboro) que me está proponiendo construir juntos para que tratemos de arreglar el puzle de más de dos mil piezas que es nuestra relación. Un puente tan robusto como el del póster que cuelga en mi habitación.

—¿Te acuerdas de ese cojín? —dice señalando el que se encuentra bajo mi portátil.

—Más o menos —me río.

—No sabíamos ni cómo decírtelo tu madre y yo cuando lo descubrimos.

—Es que era muy cómodo pegar los mocos ahí detrás.

Se ríe y siento que está mirando a su hijo de diez años sentado frente a *D'Artacán y los tres mosqueperros* en ese sofá.

—¿Sabes de qué escribo?

—Del atentado, ya me lo dijiste.

—No, papá. El atentado es lo de menos. Coches bomba ha habido muchísimos. Aquí y en todo el mundo. ¡Y más que habrá! Escribo sobre ti, sobre nosotros, sobre mí. Tú y yo somos únicos.

—Nunca te quise hablar mucho del atentado.

—Más bien nada —le recrimino.

Me sonríe. Parece que ya no le quedan rastros de la vergüenza que le cohibía. ¿Será por los propios medicamentos?

—Igual tenía que haberte hablado de aquellos días.

—¿Por? ¿Qué pasó? —Esta vez soy yo el que se incorpora.

—En esa época venía una chica por la cafetería.

Noto en sus ojos que hoy no parece querer callar para siempre. Hoy no es el mismo Juan Barros que el del otro día, en la terraza a la salida del Ramón y Cajal. Y yo me he convertido en la locutora de las noches que solo tiene que acompañar un poco a los oyentes para que se suelten y hablen. Aunque, a diferencia de ella, yo sí escucho.

—¿Una chica?

—Sí.

—Malen Medinabeitia —me aventuro con firmeza.

Me tiro de cabeza a la piscina cristalina y profunda que su inconsciente me está ofreciendo.

—La misma.

—Lucía. —Ahora es un mortal hacia atrás con tirabuzón lo que hago.

—O Blanca. En la cafetería se hacía llamar Blanca.

—Pero la policía apareció por la cafetería, me dijiste. ¿Por qué no la delataste?

—Los muertos ya nunca iban a volver.

—No, no digo después del atentado. Digo antes. Días antes también me dijiste que la policía merodeaba.

—Una tarde en la que ya sospechaba de ella, comencé a seguirla. Diluviaba. De esas tormentas que no se te olvidan. Por un lado, era fácil guardar una distancia con ella sin que se diera cuenta, pero, por otro, como no dejaba de estar asustada, miraba para atrás y debía de sentir que la estaba siguiendo, porque no lograba darle alcance. Y tampoco podía salir corriendo tras ella. ¡Yo también tenía miedo de cómo podría reaccionar!

—¿Y?

—Pues que cuando iba a gritar su nombre, en medio de ese aguacero, te vi en su portal con un ramo de flores. ¡Allí estabas tú! ¡Esperándola! Como si salieras de la nada. Y me quedé paralizado. ¡De repente tú! ¿Qué pintabas ahí? Y yo, bajo la lluvia. No sabía si erais novios o amigos o qué sé yo.

Me incorporo un poco más en el sofá y me acerco a él, con el cojín granate ahora entre mis manos. Como si quisiera que hablara más bajo en medio de aquel salón para que no le escuchasen los vecinos.

—¿Nos viste? —pregunto un poco avergonzado.

—Eso es. Allí estabas. En su portal. Todo desgarbado con esas flores. ¿Qué erais? —quería saber.

—Nada. En realidad, no éramos nada. Nos gustábamos. Cada vez más. A mí me atraía muchísimo. Quizá un proyecto de pareja que se esfumó.

—Era una chica guapísima.

Asiento con la cabeza. Perplejo aún por esta tremenda novedad.

—¿Y llegaste a subir al piso franco? —me pregunta.

Empiezo a ser consciente de mi profunda ignorancia cuando todo eso pasó.

—En ese momento, no sabía nada. Pero nada de nada. Yo estaba a otra cosa. Nos liamos algunas veces —sonrío. ¿Mi primera confesión sexual a mi padre camino de los cincuenta años?—. Nunca me enteré. Hasta ahora.

Años sin decirnos nada y no puedo sentirme mejor ahora hablando con él.

—¿Y después? ¿Por qué no me lo dijiste nunca, papá?

—¿Qué se supone que tenía que decirte? ¿Que creía que una novia con la que te veías había matado a cuatro personas?

—No era mi novia.

—Bueno, pues tu amiga. ¡Lo que fuera! ¿Y si te implicaba? ¿Y si, por decir algo a la policía, tu vida hubiera corrido peligro? —Noto que está empezando a sacar parte de ese veneno que le quedó circulando por las venas—. ¡Que son asesinos, joder! Podrían haber venido a pegarte un tiro en la nuca y quitarte de en medio. ¡O la propia policía! A ver si te crees que esos cabrones, que venían de simpáticos a la cafetería, no te hubieran metido en una comisaría y te hubieran molido a palos. Esos no entienden de amigos. ¡Y tú habías tenido contacto con ella!

—¿Volviste a saber de Malen?

—No. Nunca. Bueno, sí. Pero no por ella, claro.

—Ya, ya vi los recortes que guardas.

Por su reacción, no parece que le haya hecho mucha gracia mis labores de fisgoneo.

—Futbolista. Entrenadora —digo.

—Pues eso. Rehízo su vida. Diría que nunca más atentó. ¿Tú volviste a saber de ella?

—No. Desapareció por completo.

Los dos nos callamos. Como si, al haber dicho la palabra «atentar», estuviéramos escuchando la bomba explotar de nuevo a solo unos metros de la ventana. Como si el polvo gris y marrón que se agarraba a la garganta pudiese entrar por segunda vez por las ventanas e invadir todo el salón.

—Papá, ¿y la pistola que guardas? —Los ojos parecen salírsele de la cara.

—Suya —concluye sin darme más detalles.

—No supiste deshacerte de ella.

Mi padre dirige la mirada hacia la ventana, como si quisiera escapar de ese salón.

—No. Está visto que no… Llevarla a la policía días después no tenía mucho sentido. Y tirarla a un vertedero era casi peor. Nunca sabes en manos de quién hubiera podido caer. O si hubieran podido investigar y encontrarse mis huellas y meterme en un lío.

—Oye, ¿qué le dirías si la vieras ahora? Si estuviera aquí delante —pregunto.

—Nada.

—¿Nada?

—No. ¿Qué le iba a decir?

Y callamos de nuevo un rato, como si cada uno pensásemos qué le diríamos si la tuviéramos delante. Quizá nada.

—¿Sabes qué? —añade—. Me he preguntado muchas veces si sirvió para algo mi silencio. Por eso fui siguiendo su carrera deportiva y, en el fondo, me alegraba por ella cuando las cosas le iban bien.

Le entiendo.

Claro que le entiendo. Cómo no iba a gustarle pensar que, de aquel olor a carne quemada, a hierro, a fuego, de aquellas cenizas más grises que la farola, al menos floreció algo.

52

—¿Y tus *aitas* bien?

—Sí, sí. Ahí andan, con los líos de la jubilación —explicó Irati.

Apenas había cambiado. Alguna ojera más, el pelo un poco más corto y casi la misma sonrisa. Casi, porque no era su sonrisa. La notaba menos cariñosa, algo más tensa, como si el viento que hacía esa tarde de Nochebuena en la Herriko Plaza le encogiese los músculos de la boca y le limitase los movimientos.

—¿Y tú estás bien allí? ¿Seguro?

—¡Sí, de verdad! Cada día juego más y no me va mal la cosa. El entrenador me está haciendo trabajar bastante y las compañeras bien.

—Hablarás francés mejor que ellas ya, ¿no?

—¡No exageres!

No habían elegido mal momento para cumplir con su encuentro. Las dos tenían prisa en una tarde así. No había más que respirar la mezcla de olores que salían de las ventanas de las cocinas y se arremolinaban en las calles: desde besugo al horno o cordero asado hasta buñuelos de bacalao y pimientos verdes fritos. En casa, sus *amas* no querían ser menos y también andaban ya liadas. «No tardes, que hay mucho que hacer», le habían dicho al salir con Jon en el carro.

—¿Y de Ane qué sabes? —preguntó Malen.

—Pues la veo de vez en cuando. Está saliendo con Txomin, ¿te acuerdas? El que jugaba de portero en el equipo de balonmano.

—¡Ah, sí! —sonrió al imaginársela con ese armario—. Vaya contraste, ¿no?

—Pues nada, el tío se está preparando para entrar en la Ertzaintza.

—Se va a sentir muy segura —dijo Malen riéndose nerviosa.

—Oye, siento lo de Eneko... —dijo bajando la voz.

Malen desvió la mirada y la cogió de la mano, como si ese gesto formase parte de un lenguaje no escrito que ambas respetaban y con el que se podían llegar a entender.

En la Herriko Plaza, niños y mayores daban palmas y saltaban para quitarse el frío mientras esperaban la llegada del Olentzero, que habría salido ya del valle y estaría entrando en Barakaldo para repartir regalos a los niños esa noche.

—Tu primer Olentzero, Jon —le dijo Irati acariciándole los mofletes dentro del carrito.

—Bueno, en realidad ya estuvimos en el desfile del año pasado. A ver si te vienes a Burdeos un fin de semana —agregó Malen, aunque ya sabía la respuesta.

—Claro que sí. Que luego nunca voy.

—Bueno, guapa, nosotros nos tenemos que ir recogiendo.

La abrazó de forma aparentemente sentida. Y se acordó de la lista que le pasaba en el instituto en clase de Mates. Siempre sonriéndole.

—*Eguberri on,* Irati.

—*Eguberri on,* Malen.

Le dio un beso y se marchó.

53

La parroquia de San Ireneo podría pasar por un edificio más de viviendas del barrio de la Concepción. Toda ella del mismo ladrillo naranja que las casas de alrededor. Es fea. A la altura del nombre que lleva. El arquitecto no se comería mucho la cabeza. Nerea le habría dejado sordo quejándose por el poco espíritu que transmite el edificio. O quizá quiso mimetizarla con este barrio obrero y hacer una iglesia roja sin ostentación alguna.

Para poder entrar, hay que pisar un pequeño descampado lleno de barro, salvo que quieras tirarte cinco minutos largos rodeando toda la manzana, como hará el abuelo, que siempre vuelve con los zapatos impolutos. Es el primer contacto de Zuri con el barro y ladra excitado a los charcos. Tiro de la correa para mantenerlo lejos, pero sé que acabará rebozado. Me la quiere liar, y una parte dentro de mí desea que se divierta con el agua.

No debería entrar con él. Tendría que quedarse fuera, atado junto a la barandilla, pero me niego a hacerle eso. Para cinco viejas, mi padre y el cura que estarán dentro, tampoco hay que dramatizar. Si me dicen algo, ya me saldré.

«Pedid y se os dará, buscad y encontraréis, llamad y se os abrirá; porque todo el que pide recibe, quien busca encuentra y al que llama se le abre. Si a alguno de vosotros le pide su hijo pan, ¿le dará una piedra?; y si le pide pescado, ¿le dará una serpiente? Pues si vosotros, aun siendo malos, sabéis dar cosas buenas a vuestros hijos, ¡cuánto más vuestro Padre que está en los cielos dará cosas buenas a los que le piden! Palabra de Dios», y el cura besa la Biblia y alza la mirada. La misma voz que dejó el mensaje en el contestador el otro día. Cada vez que hace referencia al evangelio que acaba de leer, algo se me revuelve en el interior. San Mateo para arriba, san Mateo para abajo, y voy dando respingos con cada Mateo, como si me estuviese llamando a mí. Hasta el propio Zuri lo percibe (o san Zuri, por cómo se está portando).

A ratos me imagino a ese sacerdote dándome la bienvenida por unirme hoy a este pequeño club selecto, como si estuviéramos en una iglesia evangélica de Harlem. Siento que se va a arrancar a gritar con música góspel: «¡Aleluya, Mateo nos acompaña!», y que esas viejas, que pueden ser The Supremes, se van a girar y se van a poner a corear: «¡Aleluya!», igual que las acólitas de un pastor del Bronx, mientras mi padre agarra el saxo y se pone a tocar. Pero esto no es el Bronx ni Harlem, es el barrio de la Concepción, y las viejas solo se giran molestas porque Zuri se está impacientando y se ha puesto a ladrar.

De camino a la puerta de salida, Zuri se calla. Bajo uno de los altares laterales, unas cuantas velas parecen bailar sin ningún orden lógico y, aunque no tenga monedas para echar en el cepillo, decido encender una. «Pedid y se os dará», me sigue resonando en la cabeza. Como si esa llama pudiera quemar todas las células cancerígenas que pasean alegres por el interior del cuerpo de mi padre. Pero, a fin de cuentas, el amor también es eso: rezar sin fe, pedir sin esperanza.

El fuego de una de las velas parece interpretar la danza del vientre y no puedo apartar la vista, hasta que siento la mano huesuda de mi padre sobre el hombro.

—¡Pero bueno! ¿Qué haces aquí? ¡Gracias por venir, hijo! —me dice a la vez que acaricia a Zuri bajo las orejas. Le noto eufórico.

—Aquí... Mirando cómo empleabas tus tardes.

—¡Ya te veo! Al final va a tener algo bueno que me digan que estoy hecho una mierda por dentro —ríe.

—¿Te acuerdas de un regalo de cumpleaños que nunca pudiste canjear? —le pregunto mientras san Ireneo parece vigilarnos desde su altar, un metro por encima de nuestra cabeza.

—No sé de qué me hablas. —Y me coge del brazo y me lleva hacia la salida, disimulando que me utiliza cada vez más de bastón.

—Bilbao. Te lo regalamos mamá y yo cuando cumpliste sesenta. Ver un Athletic-Real Madrid en San Mamés.

—¡Pero si ya hemos jugado este año en San Mamés! Ya hasta el año que viene nada.

El año que viene. Y los dos nos callamos.

—Ya lo sé, pero siempre podemos ir a ver un Barakaldo-Athletic de chicas, ¿no? Juegan este fin de semana. —Levanta las cejas como si quisiera batir el récord Guinness de distancia entre cejas y pupila.

Ya no es necesario que el Hijo le diga nada más al Padre. Tampoco el Padre necesita preguntar nada más al Hijo. Solo le sonríe. Como si el Espíritu Santo hubiera hecho su tarea mediante esa danza del vientre y ambos supieran que por fin iban a saldar cuentas.

54

—*Amatxu*, ¿entonces ya no nos va a hablar nadie en francés?

—No —dijo mirando al camión cargado con troncos que iba a tener que adelantar—. Ya no.

—¿Nadie?

—No, *txiqui*. —Le veía por el retrovisor. Estaba muy guapo ahora que llevaba el pelo rubio un poco largo, casi tapándole los ojos.

—Pero ¿y eso?

—Porque nos vamos de Francia y ahora vamos a vivir en Bilbao. Pero tú tranquilo, que vas a seguir yendo a clases de francés en nuestro nuevo barrio.

—A mí el francés me gusta.

—Pues por eso. Y yo quiero que tú sigas hablando francés.

El conductor del camión se echó un poco hacia el arcén aprovechando la recta larga que venía.

—¿Y cómo se llamaba tu nuevo equipo?

—Athletic —contestó pisando bien fuerte el acelerador.

—¿Y vas a meter muchos goles también con el Athletic?

—Seguro que sí.

—Pero ¿más que en el Girondins?

—Más.

—¿Y cómo es la camiseta del Athletic?

—De rayas rojas y blancas.

—¡Cuántos troncos! ¿Has visto?

—Sí, claro que lo he visto. Eran largos, eeeh.

Pronto se quedó dormido, como le pasaba en todos los viajes en coche. El director deportivo del Athletic le había ofrecido un chófer y un vehículo pagado por el club, pero no era mucha distancia y le apetecía mucho más ir a solas con Jon en su Toyota. Disfrutaba mucho de ese bombardeo de preguntas al que la sometía para ver luego cómo caía dormido con la cabeza bailándole hacia delante y atrás.

Euskal Herria. Basque Country. Una culebrilla le paseó por el estómago cuando leyó el cartel al pasar la frontera. Estaban en casa. Por fin de vuelta. Sonrió al leerlo, con la libertad que se daba cuando nadie la veía. Tan acostumbrada a callar, a no decir, a no expresar, a silenciar hasta con los gestos de la cara. Apretó el puño fuerte a modo de victoria, como escondiéndolo junto a la palanca de cambios.

Algún día le gustaría poder hablar. Y contar. Liberar esa bomba que llevaba siempre a cuestas a todos lados. O escribir una carta e incluso, si llegara el caso, pedir perdón. Enviarla a *El Correo*. O soltarlo un día en una rueda de prensa.

Pero bastaba con mirar a Jon por el retrovisor para tener muy claro que debía seguir callada, por mucho que eso la quemase.

55

Después de dejar las maletas metidas en el Renault 21, el abuelo y yo nos dirigimos a casa de Chelo. Vamos callados y solo nos distrae la viveza de Zuri, que se cruza de uno a otro con su correa roja y cada día que pasa es más ágil. En mitad de la acera, salta feliz, como un pequeño potro, sobre un pastor alemán casi tres veces más grande que él, que lo mira y olisquea con curiosidad.

No me sorprende esta angustia por tener que separarme de él. No tuve perro antes, pero estaba condenado a unirme a uno tarde o temprano, y ahora no quiero abandonarlo ni dos días. Y estoy seguro de que mi padre siente lo mismo, por mucho que haya sido él quien ha tenido que convencerme para dejárselo a Chelo. Como era de esperar, toda la preocupación de Zuri se centra ahora en no perder de vista a su gato, con el que está deseando jugar.

Aunque vayamos a estar fuera solo un fin de semana, Chelo nos ha preparado un desayuno de despedida al estilo de los que servía en Don Bosco: dos bocatas de lomo con queso y dos latas de Coca-Cola. Quizá quiera aliviarnos el trago de la despedida de nuestro cachorro al que queremos ahorrarle dos viajes de cuatro horas en coche.

—Pero bueno, mujer, si los que te teníamos que invitar somos nosotros, que venimos a dejarte al perro —le dice mi padre.

—Deja, deja. Estáis en mi casa y aquí mando yo. Poneos cómodos.

—Muchas gracias —añado mirando con ganas el bocata, que huele muy bien. Zuri lo mira de reojo también para poder mendigarme en cuanto lo tenga entre las manos.

—Así que os vais a Bilbao. ¿Y qué se os ha perdido por allí, Juanito?

—Nada, mujer.

—Hombre, estando como estás, irse a Bilbao, y con este tiempo, tampoco parece lo más lógico, ¿no?

—Bueno, a él le apetecía mucho salir de Madrid —salto yo como un buen subalterno antes de que ese miura empitone a mi padre con una pregunta que no quiera contestar.

—Joder, Chelo, ¡al final me haces contártelo todo! —Miro a mi padre expectante por lo que vaya a decirle.

—No, señorito. Usted cuente lo que le venga en gana, que aquí a servidora ni le va ni le viene.

—Que no, que no hay nada que ocultar. Vamos a Bilbao porque hace cuarenta años ya que estuve con mi querida mujer, la madre de este señor —explica sonriéndome—. Y me apetece mucho ver cómo está aquello y poder ir con él. Un último viaje, vaya.

—No te me pongas ñoño, anda —le dice Chelo—. Que ya quisiera yo poder meterme el chuletón que os vais a tomar allí.

Zuri me pide un trozo de lomo y dudo si dárselo o no. Si estuviéramos en casa, se lo daría sin problema, pero tengo miedo de que Chelo se cabree y me salte con qué hago dando a mi perro la carne que ella me ha cocinado. No sé por qué me acongoja tanto esta mujer si luego tiene buen fondo.

—¿Y luego qué va a pasar con este perro, Juanito?

—Pues que vendremos a por él a la vuelta, mujer. ¡Si te parece!

—No, no me refería a eso.

No me esperaba una pregunta tan brusca. Es una salvaje. Quizá no está mal que la haga, pero se la podría haber ahorrado.

—Este perro ya es más de mi hijo que mío —le contesta orgulloso.

Y yo sonrío tanto por la respuesta como por no verle afectado mientras saco un trozo de lomo de mi bocadillo para dárselo a Zuri. Siempre dicen que los labradores son muy tragones y doy fe.

56

Aprovechó que Jon estaba en clase y que ella no tenía entrenamiento hasta la tarde para hacer esa visita que tenía pendiente. Bajó al garaje, puso música en el coche y se dirigió hacia Barakaldo. Con cuidado de no meter en ningún charco las zapatillas nuevas que estrenaba, corrió hacia un puesto de flores que aún no había cerrado. «Gracias, guapa. Dios te bendiga», le dijo una mujer mayor, que no parecía de la tierra, al guardarse en el bolsillo de la falda el billete que Malen le había dado y girarse para poner en remojo las últimas flores que le quedaban por recoger. Aunque jugara en el Athletic, casi nadie la reconocía.

Las margaritas tenían el mismo tono blanco de las zapatillas. Parecían recién cortadas, y brillaban y lucían firmes. Los árboles desnudos que flanqueaban la avenida principal tras la verja negra no la inquietaban, como le había pasado las veces que había visitado las tumbas del *aitite* y la *amama* cuando era niña. Tampoco lo hacían las esculturas, que parecían condenarla desde ambos lados del camino de cipreses, como si supieran lo que había hecho en su pasado.

Llegó donde descansaban *aita* y *ama*. En dos sepulturas, una al lado de la otra. Se arrodilló y dejó el ramo a los pies de la de su *ama*. Había mucha mierda, pero no había caído en llevar nada para limpiarlas. Siempre que acudía allí no sabía bien lo que sentía. Una mezcla de dolor, de tristeza, pero también de rabia e indiferencia. *Aita* se había matado a trabajar en la fábrica, sí, pero ¿qué había compartido con ella, su hija? Y *ama*... *ama* vivía para *aita*. Si él estaba bien, a ella le valía. Así había pasado, que apenas le había sobrevivido un año desde que enfermó.

Regresó al coche y tomó dirección a Portu. Se le hacía muy raro ir allí, pero necesitaba quitarse esa espina y visitarlo también. Estaba nerviosa y la música la ayudaba mucho en esos momentos. Necesitaba escuchar «Milaka izar berri», de Betagarri, que cantó con la ventanilla bajada.

> *Ez ahaztu milaka izar berri piztu izan direla,*
> *Euskal Herriko zeru gaianean.*
> *Egon ziur guztiak eramango ditugula,*
> *betirako gure bihotzean.*
> *Ez ahaztu...*
> *Ez ahaztu...*[*]

Cuando dio con la tumba de Eneko, se removió por dentro mucho más de lo que se había removido con la de sus padres. Allí estaba acompañada de una *ikurriña* descolorida ya. Una estrella roja y un puño en señal de lucha adornaban una placa que se cerraba con un «Izango haiz eta!». Claro. Claro que estaría con nosotros. Con ella no había dejado de estar nunca.

Miró hacia todas partes, como avergonzada de que pudieran estar observándola, y salió de allí hacia casa. Tocaba preparar la merienda a Jon, al que tendría que ir a recoger a la salida de clase en hora y media.

---

[*] «No olvides que han surgido miles de nuevas estrellas / en el cielo del País Vasco. / Ten la seguridad de que los llevaremos todos / por siempre en nuestros corazones. / No lo olvides... / No lo olvides...».

57

El Renault 21 no es un coche automático, y aunque llevo más de diez años sin usar embrague y marchas, no me cuesta mucho acostumbrarme al primera-segunda-tercera-cuarta-quinta. Sin haber llegado a la M-30, en menos de un minuto ya voy en cuarta y estoy esperando a que vuestro abuelo se queje. Y lo hace. ¡Vaya si se queja!

—¡Que me vas a joder el motor! —gruñe desde el asiento del copiloto mirando la palanca de cambios.

Yo me río por los aspavientos que hace con las manos y por cómo niega con la cabeza de forma tan exagerada, como el defensa que se queja por el penalti, siempre injusto, que le han pitado.

—¡Que sude, joder, que el coche te pida el cambio de marcha, no se lo pongas tan fácil! —por fin se desahoga.

—No tienes ni puta idea, papá.

Y tuerce los labios, cómo no. Siempre lo hace cuando se enfada.

—Papá, si todos los conductores siguieran tus consejos, no cumpliríamos el protocolo de Kioto ni en 2070. ¡Que lo que hay que hacer es ir en marchas largas cuanto antes, joder! ¡Que las cortas solo sirven para consumir gasolina y emitir gases como si no hubiera un mañana! Estás anticuado. El motor no se acomoda por eso ni se vuelve más vago.

Su niño bueno, que delante de él no decía tacos, parece que acaba de explicarle la teoría de la relatividad de Einstein. Y él se ríe y, despechado, observa por la ventana cómo abandonamos la avenida de Badajoz para coger la M-30. Lo hace justo en ese momento incómodo en el que pasamos por delante del tanatorio. No sé si a él se le pasarán cosas por la cabeza, pero a mí sí. El semáforo tampoco ayuda: se pone rojo. Hay gente fuera de las salas, hablando de sus cosas, porque el muerto no va con ellos. A la mayoría los pillará de refilón. Pero sobre el cuello siento unas caricias incómodas, como si el propio Freddy Krueger estuviera posando sus uñas metálicas sobre mí. Y me imagino allí: dentro de unas semanas, en ese edificio, leyendo su nombre escrito en las pantallas del hall: JUAN BARROS DE LA FUENTE. SALA 10. Llevo mi chaqueta de cuadros y la camisa oscura de Hugo Boss. Recibo abrazos. «Un buen hombre. Te quería mucho». Estoy solo en mitad de tanta gente desconocida. Esperando a que el puente aéreo o un AVE os traiga cagados de miedo a mi lado. El que sentía yo cuando murió mi abuela en La Puebla y las vecinas lloraban y rezaban el rosario en el salón junto a su ataúd. Y volvían a llorar. Y volvían a rezar.

Me cuesta retener las lágrimas que me asoman en los párpados. Pero tengo que hacerlo como sea. ¿Por qué no habla precisamente ahora? ¿Estará pensando lo mismo? Toso fuerte para deshacerme del nudo de la garganta (suele funcionar) y pongo *Los 40 Principales* para que algún latino nos asalte con un poco de perreo y rompa este momento. Al menos nos durará hasta que perdamos la señal en Somosierra.

Pasando bajo el cartel que nos dirige hacia la A-1 y Burgos, le pregunto si está preparado para este viaje de *Thelma & Louise* que acabamos de iniciar. «Lo estoy, mientras no aceleres el coche y acabemos en la ría», me responde. ¡Pues sí que conoce la película! ¡Y yo que no le sacaba de John Wayne y *La diligencia*!

No lo había pensado, pero salir volando con el Renault 21 gris sobre el Nervión podría ser un final maravilloso para esta aventura. Los del Athletic sacan orgullosos a la ría la gabarra esa, pero para chulos los del Madrid, que vamos a navegar con un Renault 21 para despedirnos a lo grande.

58

—¡La cena está lista! —le gritó Aimar.

Al entrar, le vio poniendo la mesa en esa cocina enorme, la zona que más le gustaba de su nuevo piso de Getxo. ¡Si no hubiera jugado en el Athletic y no fuera ahora entrenadora del Barakaldo no le llegaría para poder alquilarse un pisazo así!

—Jon no viene a cenar. Se queda a tomar algo fuera —le comentó antes de que le pusiera los cubiertos. La tortilla de patatas tenía muy buena pinta. Suerte que a los dos les gustara poco cuajada.

—Él se la pierde. ¿Nerviosa por el partido? —preguntó con los ojos brillantes. No sabía si de las dos cervezas que se habría echado mientras se doraba la cebolla o si de la ilusión por los primeros días de una relación que prometía.

—Un poco. Pero, vamos... Imposible que saquemos algo. Están a años luz. ¿Quieres? —dijo ofreciéndole un poco más de cerveza de la lata.

—Gracias —aceptó tendiendo el vaso—. Claro que está chungo. Pero, joder, es el Athletic. ¡Un derbi es un derbi!

—Eso es una gilipollez. No hay que perder el norte y la realidad es que son mucho mejores. ¡Qué buena te ha salido!

—Gracias. Oye, de verdad que no te haces una idea de lo mucho que os envidian los chicos del primer equipo.

Aimar, como jefe de los fisios del club, trataba con todos los jugadores del Barakaldo. Hablaba con los juveniles, el primer equipo masculino y el primer equipo femenino, y siempre andaba justificando lo que decían unos y otras para evitar cualquier roce entre las plantillas.

—En serio, cuando estoy con ellos los noto jodidos porque lo máximo que pueden traer como rivales aquí en casa es el Aurrera o el Leioa.

—¡Y nosotras jugando contra el Barça o el Sevilla!

—Pues por eso. Bueno, lo que te decía, que mañana van a ir todos los del primer equipo a veros.

—A vernos... perder.

—No seas tonta.

—¡Pero si es la verdad! Estoy nerviosa, sí, pero ¿sabes por qué?

—No.

—Mira, si mañana Izaskun hace un partidazo en la portería, se van a fijar en ella seguro. Como es normal. Y mañana va a hacer muy buen partido, porque nos van a tirar a puerta un montón. Y sin una portera así el año que viene, nos podría ir muy mal. Y, además, es un partido televisado. Así que van a salir todas sus paradas a cámara lenta.

—Pero alégrate por ella, mujer.

—Si yo me alegro, joder. Pero sin ella tendríamos nueve o diez puntos menos, seguro.

No se alegraba, claro que no se alegraba. Eso era una hipocresía total, pero no quería quedar de egoísta ante el bueno de Aimar. Nadie podía llegar a saber lo importante que era para ella triunfar como entrenadora.

59

El abuelo ha aguantado despierto hasta Boceguillas. Se ha visto entera la Comunidad de Madrid, pero, pasado Somosierra, sus párpados han comenzado a flojear hasta caer definitivamente poco antes de Aranda. Yo, a ratos, he ido soltando la mano derecha del volante para acariciar sus huesudas manos dormidas, como quien cambia de marchas. Necesito tocarlas, sentirlas, irme despidiendo de ellas por mucho que no quiera hacerlo. Con timidez, como si fueran las de Sara, la chica del Mater que tanto me gustaba, a la que, de milagro, hubiera convencido para ver *El paciente inglés* conmigo en el Canciller. Yo no estaría haciendo mucho caso a la película porque estaría más pendiente de sus manos cogiendo palomitas del cubo para imitarla yo también y lograr que nuestros dedos coincidan y se rocen.

Rozo a mi padre con mucho cuidado, como si temiera que me fuera a coger educadamente las manos para llevarlas, de vuelta, a la palanca de cambios y fuese a decirme en cualquier momento que yo también me estoy convirtiendo en un flojo, como el motor de su coche.

Pau, tu mano fue lo primero que vi de ti. Mientras tu madre se quedaba recuperándose unas horas en la sala de reanimación, una enfermera gigantona te llevaba a la quinta planta en una pequeña cuna con ruedas, y tu manaza sobresalía de entre las sábanas. Nos presentaron en el pasillo. ¡En un pasillo! Vaya sitio para conocernos. «Papá, aquí tienes a tu hijo». Con esas palabras casi bíblicas que bien podrían haber salido en una película de Almodóvar. Llevabas tu gorrito del Vall d'Hebron y tenías los ojos cerrados, como si pidieras seguir durmiendo un rato más. Todavía puedo repetir con el dedo índice las primeras caricias que te hice en esa mano diminuta y a la vez enorme.

En las manos del abuelo se marcan las venas hasta el punto de casi querer atravesar la piel. Se las ha tenido que machacar contra el portacacillos de la cafetera, el grifo de la cerveza y la caja registradora, que tanto se encasquillaba. Las manos de los agricultores de por aquí estarán destrozadas, no lo dudo, pero no creo que mucho más que las de mi padre.

Tiene la cabeza girada hacia la ventana, como si aún estuviera observando los campos de centeno o de cebada o de lo que sea que cultiven por aquí. Igual los está soñando. Quizá un tractor verde, idéntico al que veo ahora a lo lejos, pasea por su inconsciente, con ese mismo palomar desmoronado al fondo. O a lo mejor está corriendo con sus amigos del pueblo por las eras para ver si el ultraligero que acaban de ver aterrizar lo ha hecho en los viñedos de la Candelaria o en los de la Antoñita, que dicho así pueden sonar como los de Angela Channing en *Falcon Crest* (la protagonista malvada de un culebrón yanqui de los ochenta que veíamos en casa). O igual, en su sueño, se encuentra en la procesión que sube a la virgen a la ermita, y a su derecha va dejando unos campos parecidos a estos.

Un halcón permanece en el aire unos metros más adelante en la carretera. Espera a que pasemos para bajar a llevarse alguna liebre atropellada. Me gustaría frenar y verlo descender. Unos buitres serían más apropiados, pero sé que ni yo soy Thelma ni vamos en un Ford Thunderbird descapotable por la Ruta 66. Aunque sí llevamos un arma. No es un Colt como el de Geena Davis, pero sí una Parabellum parecida a la de

Susan Sarandon. Anoche, mientras hacía la maleta, escuché ruidos en el salón y, por el espejo del pasillo, a través de la puerta entreabierta, le vi abrir la caja de latón del mueble bar. Sacó el paño blanco y se marchó a la habitación. No sé si la lleva encima o en el equipaje, pero me inquieta que la haya traído.

60

—¡Qué ambientazo! —le dijo Gadea, la segunda entrenadora del Barakaldo. Se habían conocido hacía seis años en el curso de entrenadoras y se entendían muy bien—. ¡Se va a llenar!

Faltaban veinte minutos y la grada tenía cada vez menos huecos. Ese sábado no era una jornada cualquiera. Recibir en casa al Athletic era el partido del año. Podían haber perdido los cinco partidos anteriores como locales, que, si el Athletic hincaba la rodilla en el Lasesarre, la temporada ya era un éxito.

Las chicas hacían un último rondo sobre el césped junto a la preparadora física. A ella no le gustaba intervenir en el calentamiento antes de los partidos, prefería darlo todo en la última charla en el vestuario justo antes de saltar al campo.

—Mira a Eider. ¡Es increíble! Sobramos totalmente —le comentó a Gadea.

«¡Al choque, eeeh! ¡Meted la pierna, joder! ¡Sin miedo! ¡Los balones divididos son nuestros, hostia!», los últimos gritos de Eider, la capitana, al corro de avispas que se engarzaban por los hombros en el césped se tenían que haber oído hasta en la grada. En esos momentos, tres o cuatro voces suyas decían mucho más que cualquier otro comentario que Gadea o ella misma pudieran hacerles.

—Nombrarla capitana ha sido una de tus mejores decisiones en estos cuatro años aquí.

—Bueno, lo decidimos entre las dos.

—¡De eso nada! Yo quería a Izaskun, pero decías que no te gustaba que una portera fuese capitana.

Cuatro años ya de entrenadora del equipo de su ciudad. ¡Quién se lo iba a haber dicho cuando empezó entrenando a las juveniles de la Real hacía siete años! Un ascenso a primera y dos temporadas sin descender ante equipos que multiplicaban por diez el presupuesto del Barakaldo.

—Te queda bien esa camisa.

—Es que hoy salimos en televisión —repuso Malen sonriendo. Esa mañana había cambiado el chándal oficial del Barakaldo por una camisa blanca y una chaqueta negra con vaqueros.

Aunque luego daría igual que fuera en chándal o camisa, seguro que sacaban a relucir lo de siempre: su «profunda madurez», haciendo referencia incluso a su etapa como jugadora. Eso y su «perfil serio». Qué fácil era hablar sin cuatro muertos a la espalda. ¿Qué sabrían ellos? Y, al final, ¿para qué? Para que luego todos acabasen juntos en el mismo estadio viendo jugar al equipo del pueblo. Porque en la grada había corrientes políticas de todos los colores: *abertzales* y no *abertzales*. Votantes de todos los partidos.

Desde el banquillo podía ver al equipo masculino sentado en la grada. Justo bajo el palco. No le iba a dar tiempo de acercarse a saludarlos, y hacerlo al final del partido, con una derrota en la mochila, sabía que no sería tan divertido.

—Ya ha llegado tu hijo, ¿no? —preguntó Gadea.

Allí estaba. Un par de filas bajo el palco. Con toda su cuadrilla. Se había puesto la camisa de cazador roja que le había dejado limpia en el salón con una camiseta negra debajo. Estaba enorme. ¿Qué había sido de su pequeño cachorro de Burdeos, que había sobrevivido con una madre soltera, con una triste cajera de supermercado?

61

Solo tenemos que subir cinco filas, o eso es lo que pone en las entradas. Pero empiezan a parecerme un mundo, y más con ese *txirimiri* que va mojando los escalones grises de hormigón, por mucha cubierta que tenga el estadio. Vuestro abuelo se va tomando su tiempo, aunque lo hace con mucha discreción. Cada dos pasos que da, se gira hacia mí y hace como si mirase el césped, pero solo trata de ganar tiempo para tomar aire y disimular su paso de elefante.

«Me encantan estos campos pequeños», me cuenta a la altura de la fila dos. «Se parece a un estadio inglés, de estos de barrio, ¿verdad?», vuelve a decirme en la fila cuatro. Yo estoy alerta, con las manos preparadas por si en alguna de esas se resbala y se cae hacia atrás, pero le sigo la corriente. «Sí, podría pasar por el del Fulham o el del Queens Park Rangers», le contesto. Aunque ninguno de los dos hayamos estado nunca ni en Craven Cottage ni en Loftus Road, y seguramente sean el doble de grandes.

Conseguimos hacer cima en nuestro Everest de la fila cinco y mi padre avanza orgulloso, igual que un pavo real entre esos asientos de colores. Hay que reconocerle que sigue destilando mucha clase. Llegar hasta ahí ha sido un triunfo para él. No es muy diferente a cuando mamá y yo os sujetábamos a vosotros mientras dabais vuestros primeros pasos. Parecíais pequeños astronautas que, emocionados, correteaban por la superficie lunar desde mamá Armstrong hacia papá Aldrin, celebrando no tener que agarraros a la mesa baja del salón.

—¿Sabes que el Madrid jugó aquí? —señala sonriendo.

—¿En Barakaldo? —contesto extrañado.

Asiente con la cabeza, asombrado ante esa hierba impecable. Tiene el mismo tono verde desde una portería hasta la otra. Ya quisieran muchos estadios tener este césped.

—¿Fue un amistoso? —pregunto.

—No, no. ¡Partido oficial! Copa del Rey, bueno, del Generalísimo —me responde como si se tratara de un niño resabidillo.

El hombre que se sienta a su lado lleva una *txapela* y al oír lo de «Generalísimo» se mueve un poco en su asiento, como si tuviera hemorroides.

—Y para lo que hemos quedado… ¡Para un partido de mujeres! —murmura riendo.

El himno del Barakaldo suena fuerte por la megafonía y, para que mi padre siga tranquilo, yo no tengo mucha intención de ponerme en pie. Pero es él quien lo hace. «Que somos del Barakaldo, con humos de vencedor, entre campos y entre hornos. ¡Aúpa! Con bravura se forjó», cantan los altavoces mientras saltan las jugadoras.

—Orgullosos de sus humos y de sus hornos, me gusta —declara.

—¡Ya! Está chulo. A fin de cuentas, humos y hornos es lo que hay aquí, ¿no?

Y, según digo eso, caigo en que ese himno está obsoleto. Ya no es verdad. Ahora no es sitio de humos y hornos. Bilbao me ha fascinado con la arquitectura alrededor de la ría y estoy deseando compartir opiniones con Nerea de unos acabados en acero inoxidable que he visto.

—Oye, ¿Zuri estará bien con Chelo? —duda.

—Seguro. ¿Viste cómo lo cogía en brazos cuando nos íbamos?

Y entre nosotros se hace el silencio.

La vemos.

Malen Medinabeitia camina a paso rápido por la banda. Muy firme. Segura de estar en su casa, se aproxima al banquillo local, pero antes se acerca al visitante para saludar a la entrenadora del Athletic. Lleva chaqueta negra, camisa blanca y pantalones vaqueros, y no se sienta en el banquillo. Prefiere ver el partido de pie, como si quisiera solidarizarse con sus jugadoras, que se están mojando.

Mi padre no le quita ojo. Yo tampoco. Estamos más pendiente de ella y de sus instrucciones que del partido. Él, al igual que yo, debe de estar siendo bombardeado por imágenes bien archivadas en su memoria. La veo ofreciéndome un Chesterfield en su piso, sonriéndome en la cafetería de Arquitectura, alejándose con esas zancadas en el pinar de Conde de Orgaz.

—No ha cambiado nada —me dice.

Afirmo con la cabeza. Sigo en shock. Idéntica. Misma melena, mismo cuerpo. Siento cómo se mueve encima de mí. No han pasado los años por ella. Noto cómo se me clava el respaldo del asiento en el mismo punto donde se me clavaba la acequia de hormigón en el pinar.

Mi padre se toca el costado izquierdo, y entonces me doy cuenta de que, desde que hemos salido del hotel esta mañana, lo ha repetido periódicamente. Al principio lo relacionaba con algún dolor de su enfermedad. Incluso se me pasó por la cabeza indagar si la apendicitis daba en el lado derecho o en el izquierdo, pero acabo de caer: lleva la pistola encima, en el bolsillo interior de la chaqueta.

¿Querrá devolvérsela si la vemos?

¡No pretenderá dispararle!

Me pongo malo imaginándome la escena. Aunque tendría todo el sentido para cerrar por completo esta historia

—¿Y cómo quedaron? —le pregunto para distraerle y quitarme esas cosas de la cabeza.

—¿Quiénes?

—¡El Madrid, joder! Cuando vino aquí...

—¡Ah! Empate a uno. Habían ganado en la ida tres a cero en el Bernabéu. No dejaba de ser un trámite.

—Pero ¿te acuerdas?

—¡Qué coño voy a acordarme! ¡Lo he leído!

—¡Aaah!

—Bueno, a ver, que tampoco sería tan raro... Yo tendría unos veinte años y podría acordarme. Pero no, no es el caso. —Vuelve a tocarse el lado izquierdo. Lo hace de forma sutil, ligeramente, pero lo hace.

—1960, ¿no? La quinta Copa de Europa. —Veo cómo sus ojos brillan al nombrar esas tres palabras mágicas: Copa de Europa. Como si fuera Gollum o Frodo mirando el anillo en el Monte del Destino.

—Nunca habrá una final mejor que aquella de Glasgow: siete a tres al Eintracht de Frankfurt.

—Domínguez, Marquitos, Santamaría, Pachín, Vidal, Zárraga, Canario, Del Sol, Di Stéfano, Puskas y Gento —le digo.

Otros padres enseñan a sus hijos el credo o el padrenuestro, pero a mí me hizo memorizar la alineación de aquel Madrid pentacampeón de Europa.

—¡Qué bien te la aprendiste! —Me mira sonriente—. Es nuestra historia.

—Pero ¿jugó Di Stéfano aquí en Barakaldo?

—El mismo. De los pocos jugadores titulares que estuvo en ese partido de vuelta. Igual hasta la directiva del Barakaldo le pidió ese favor a Santiago Bernabéu para que pudieran llenar el campo.

Igual.

Igual la directiva del Barakaldo se lo pidió a Bernabéu. Igual yo le pido a él que me entregue la pistola que lleva encima.

Menos mal que está muy lento y que, si le diese por intentar hacer algo, podría abalanzarme sobre él.

Malen protesta al árbitro con vehemencia.

62

El partido había sido el esperado, muy cómodo para las del Athletic que se habían paseado en el Lasesarre. Quedaron uno a cuatro y todas contentas: se habían vendido todas las entradas, el Barakaldo estaba salvado y permanecería un año más en Primera y, además, el Athletic seguía con opciones de ganar la liga, y ¡qué mejor que que la liga se quede en Bilbao antes que irse a Barcelona!

Después de la entrevista con la rubia postiza de Marca TV, que se creía que estaba buena con esas mechas baratas (qué fea se veía ella luego en la televisión respondiéndole a sus preguntas estúpidas), y con el casposo de Radio Barakaldo, que se asfixiaba al hablar con esa papada enorme y nunca dejaba pasar una sola oportunidad para criticar sus alineaciones, abandonó el banquillo para dirigirse hacia la grada y dar un beso a Jon. Después le tocaría saludar a su cuadrilla y al equipo de los chicos, a los que ya veía meterse poco a poco dentro del palco porque sabían que la barra cerraría pronto.

Aunque los tuviera lejos aún, le parecían más felices de lo habitual. Lo esperado: si el Barakaldo hubiera ganado, no habrían lucido esas caras tan radiantes. Pero no iba a dejar que le estropearan uno de sus momentos favoritos: ver cómo el estadio se iba vaciando de aficionados y poder sentir la quietud de las gradas.

Tras la valla de publicidad, que daba a la escalera, dos chiquillos la esperaban para pedirle un autógrafo. Mientras se dejaba tomar una fotografía con uno de ellos, fue cuando sintió como si todo el estadio la estuviese mirando.

Se giró y lo vio.

Era imposible. Tenía que ser alguien que le recordara a él. Pero no él.

Alguien muy parecido. Era inviable que fuera él. La respiración se le había agitado más que si les hubieran pitado un penalti en el último minuto que les hubiese podido dar la victoria.

¿Cuántos años habrían pasado? ¿Veinte? ¿Casi la edad de Jon?

Pero ese hombre tenía los mismos ojos saltones de Juan, la misma cara afilada de Juan y la misma chepa de Juan. Su pelo igual de fuerte y encrespado, aunque con más canas y entradas.

Sentía como si las luces del estadio se apagaran y alguien la estuviese apuntando con un único foco.

Volvió a mirarle. No estaba solo. También estaba él. Mateo.

Juan y Mateo, los dos evangelistas, tras la luz de los focos.

Mateo también la miraba con los mismos ojos saltones de entonces y la misma cara afilada, tal vez un poco más gorda.

Se les veía pequeños en sus asientos.

Hasta que Juan se levantó.

Entonces se hizo grande y sacó la mano del interior de la chaqueta.

Cuando la apartó, ya no hubo vuelta atrás.

63

El partido ha acabado y ya vamos a salir del estadio para dar una vuelta por Bilbao. Mi plan pasa por llevar al abuelo de *pintxos* por la plaza Nueva, detrás del Teatro Arriaga, pero tanta lluvia, que vemos caer junto a los focos, nos hace quedarnos a resguardo en la grada.

Aunque, más que la lluvia, es la presencia de Malen lo que nos tiene drogados. A tan solo unos peldaños, está concediendo una entrevista a la televisión. Los dos la seguimos mirando expectantes. ¿Seremos capaces de decirle algo? ¿Nos reconocerá?

Pronto nos saca de dudas.

Finaliza su entrevista, se gira hacia la grada y comienza a subir por los peldaños que llevan al palco. Parece que estuviera buscando a alguien, como si los ojos de vuestro abuelo y los de ella llevaran tiempo queriendo encontrarse.

Cuando mi padre se da cuenta de que lo está mirando, saca la mano del bolsillo y mis dos manos abandonan su posición de reposo sobre las caderas para poder desviar el posible disparo. Me siento Clint Hill, el guardaespaldas de John Fitzgerald Kennedy, que llega tarde al asiento trasero del Lincoln negro descapotable donde una bala ha alcanzado al presidente en su visita a Dallas.

—¡*Amatxu*! —gritan desde la fila de encima—. ¡*Amatxu*!

Veo que la mano de mi padre no sostiene nada. Está vacía. Solo es su palma la que se eleva ante el paso de Malen. Como si quisiera que se detuviera o fuese a saludarla.

Me paro justo a tiempo. Parece que nadie se ha dado cuenta de mis miedos y torpezas.

—¡Jon, cariño!

—¡Vaya goleada que nos han cascado, eeeh! —le grita.

Y nos mira.

Ahora sí, nos mira a los dos desde las escaleras. A escasos metros. Y nosotros a ella.

El tiempo se detiene en el estadio de Lasesarre.

¿Cuánto? ¿Cinco segundos? ¿Siete segundos? No sabría decirlo, pero se hace eterno.

Aunque no nos decimos nada. Solo nos miramos.

A ninguno nos salen las palabras.

No hacen falta.

64

Dio un beso de despedida a Jon y bajó las escaleras de la grada casi a zancadas. No se veía capaz de entrar al palco a saludar a unos y otros sabiendo que no le iba a salir ni una sola palabra. Dirigirse hacia el aparcamiento era la mejor opción.

No podía haber sido una casualidad. Nadie iba a ver un partido del Barakaldo femenino porque sí. Tendría que haberse parado a hablar con ellos cuando Juan parecía que se dirigía a ella con la mano.

En el aparcamiento medio vacío, agradeció que la fuerte lluvia y el viento la hubiesen librado de compromisos inesperados. Daba la impresión de que su Toyota blanco soportaba bien el aguacero porque ahí estaba, esperándola.

«Necesito estar sola. Luego nos vemos», escribió a Aimar ya sentada sobre el asiento de cuero, antes de apagar el teléfono, secarse un poco y marcharse. Igual hasta se creía que lo que le pasaba era que estaba cabreada por el partido.

Arrancó y dejó que sus manos al volante la sacasen de allí. Cuanto antes. A donde fuera.

La radio del coche saltó e hizo ademán de apagarla, pero se sorprendió con la canción antigua que empezó a sonar, así que decidió dejarla. «Fly Me to the Moon», interpretada por Frank Sinatra, la misma que la de las misiones Apolo a la Luna. Eso era lo que necesitaba su parte de loba solitaria: irse a la Luna y aullar allí.

Pero ese ritmo de swing la fue calmando poco a poco mientras iba dejando la ría a su derecha. Ya empezaba a imaginar dónde iba a acabar. Sestao, primero. Portu, después. Cuando se quiso dar cuenta, la velocidad del coche estaba bajando para entrar en la calle del puerto pesquero de Santurtzi.

También llovía, pero se bajó del coche y descendió las escaleras hasta las barcas. Se acercó al pantalán en el que Eneko la besó aquella noche antes de despedirse, antes de marcharse a Madrid. Fue en ese mismo sitio donde le dio la Parabellum. Frente a esos mismos botes, que ahora se movían con violencia, rozó su barba de pocos días con sus labios suaves y notó un cosquilleo en el segundo aro que le mordía la oreja.

Por mucho que lloviera, allí era donde necesitaba estar. Donde todo había empezado.

Qué diferente sería todo si aquella *katua* no hubiera aceptado aquella misión.

Qué diferente sería todo si aquella *katua* hubiera conseguido quitarle la idea de la lucha armada y le hubiera convencido para permanecer en la tercera línea del frente, bien a resguardo, donde se quedan los inteligentes. Detrás de una barra, como Jokin, para que, cuando todo hubiese acabado, no hubieran pagado un precio tan alto.

Se quitó el segundo aro de la oreja y lo arrojó al agua.

No se movió del pantalán hasta que desaparecieron los últimos círculos que se formaron en el agua revuelta por la lluvia.

65

No me sorprende que, antes de volvernos a Madrid, me haya propuesto esta visita a Getxo a ver el Puente Colgante, pero sí me extraña que pretenda subir a la pasarela peatonal. Él, que es de esos a los que un tercero ya les parece alto, quiere que subamos a pasear a casi cincuenta metros de altura, lo mismo que un edificio de quince plantas.

—Si alguno de ustedes padece vértigo, no se lo recomiendo —nos informa Ander Urrutia, como indica la tarjeta que le cuelga de la camisa blanca de manga corta. Lleva el uniforme de aquí: aro en la oreja, melena desigual y barba de una semana—. Vamos, que es seguro y no tiembla ni nada, pero por los huecos de las maderas por las que irán cruzando se ve la ría abajo. Hay gente a la que le da un poco de cosa.

Nos sonríe, en especial a mi padre, que también podría ser su abuelo, y al que noto muy ilusionado. Pero yo me vengo abajo al pensar que estamos ante los instantes finales de nuestra última excursión. Absorbo su sonrisa despacio, de la misma forma que hago con los expresos en taza de cristal que me pone Nerea cuando tenemos reunión en la oficina de El Españoleto. Y se la devuelvo. Aunque, por mucho que trate de estirar los labios y conseguir una sonrisa grande, mis ojos acumulan más lluvia que las nubes grises que acechan Portugalete al otro lado de la ría.

—¿Estás seguro, *aita*? —le insisto. Me mira como si acabase de ver un fantasma.

—¿*Aita* me has llamado? —se ríe con esa cara de fideo que le mengua día tras día—. ¡Si el que no tiene cojones pa subir eres tú!

—P'alante, Ander —Y le suelto los veinte euros de rigor en medio de ese ataque repentino de testosterona que nos ha dado a los dos, igual que si tuviéramos dieciséis años.

Mientras esperamos el ascensor, entre tantas toneladas de hierro, recuerdo cruzar con vosotros el puente de Brooklyn agarrándoos las manos, que habían dejado de ser rechonchas y eran ya de adolescentes. Ese momento agridulce en el que ya habíais dejado de ser niños y ya empezaba a vislumbrarse *mi propia muerte del padre*. Yo ya estaba subido al cadalso. Mamá y yo tratábamos de aprovechar para llevaros a Nueva York pensando que nos quedarían pocos viajes con vosotros. Una repetición de nuestra luna de miel, esta vez familiar, para enseñaros su arquitectura, pero, sobre todo, para disfrutar de sus hamburguesas y la NBA, que era lo que más os llamaba. Una repetición en la que aproveché para llevaros a las oficinas de J Frankl Architects y contaros que una vez me seleccionaron para una beca. Pude sacar un poco de autoestima dentro de esa vida en la que todo lo que me rodeaba empezaba ya a naufragar.

En la cabina del ascensor, el abuelo tiene la misma mirada que tenías tú, Pau, con unos ojos que se hacían más y más grandes según avanzábamos sobre el Hudson. En la vida se ha atrevido a viajar en avión y ahora parece que siente decepción cuando el ascensor da un pequeño bote al llegar al nivel de la pasarela.

Arriba, el viento sopla muy fuerte, pero el sol comienza a calentar, como queriendo derrotar a las nubes que han empezado a rodear Getxo. Supongo que este es el día a día aquí, pequeñas batallas entre el sol y las nubes que acaban casi siempre con el mismo final: el sol huyendo humillado, como el Barakaldo ante el Athletic.

—Hace bueno, ¿eh? —afirmo mientras aspiro ese olor a algas que parece incrustado en la barandilla metálica del puente.

—Se ven enanas, ¿verdad? —dice señalando las pocas barcas de la ría.

—¿Buscas la gabarra del Athletic o qué?

—La tendrán bien guardada —me dice riéndose—. ¡Ya me dirás tú cuándo van a volver a sacarla, si hacía cuarenta años que no lo hacían! No les puede rentar pagar el atraque en la ría. Y mira que me caen bien con eso de que los jugadores sean de la tierra.

Siento un poco de vértigo. No es que quiera bajar ya a la margen izquierda, pero me encuentro inquieto.

—¿Sabes que el puente antes era negro y que lo pintaron de rojo?

—¿Por el Athletic? —me pregunta.

—¡No, joder!

—Pues, mira, ahora que lo dices...

—¿Qué?

—Que vine yo hace... no sé cuánto, ¡treinta años o más!, con tu madre. Un fin de semana. De los pocos viajes que hicimos aprovechando una convivencia que tenías en el colegio. Y sí, era negro.

—El negro absorbe mucho más el calor y hace que el acero coja mucha temperatura, por si no lo sabes. Las estructuras se dilatan y se fuerzan todos los elementos del puente, y...

—No ha cambiado esto ni nada —se asombra pasando totalmente de mi clase de estructuras y de mis explicaciones sobre el coeficiente térmico del acero.

¿Sería a ella a quien le encantaban los puentes? ¿O a él? ¡Para un fin de semana que salieron los pobres y hasta se acercaron a ver el Puente Colgante!

El viento aprieta un poco más y hasta molesta en la cara. Me saca alguna lágrima, que ya no sé si es por el frío o por lo cretino que me siento por haber tenido manía todo ese tiempo al póster de *Manhattan* de mi habitación. Un cretino redomado. Los conocimientos técnicos de mi padre no pasaban de la temperatura que podía coger el portacacillos o el vaporizador, y los de mi madre no irían más allá de los tejidos y las costuras que se usaban en la planta de moda de El Corte Inglés. ¿Cómo no iba a llamarles la atención una barbaridad así? ¡Estos puentes que salvaban ríos enormes! ¡Qué más daba que fuera el Hudson o el Nervión!

—¿Te puedo pedir una cosa?

—Sí, claro.

—Me gustaría que fuera aquí.

—¿Aquí?

—Sí, aquí.

—Por cierto, vaya susto me diste ayer, joder. Te juro que pensé que ibas a dispararle.

—¡Cómo iba a hacer eso! ¿Estás loco?

—Dime que no se te pasó por la cabeza.

—Por la cabeza se nos pasan muchas chorradas a todos. ¡Pero estás loco! Ahí, delante de su hijo. Oye, ¿te diste cuenta de que se llamaba Jon?

—Sí. ¿Y?

La bocina de un buque mercante suena al fondo de la ría. ¿Irá a Inglaterra? ¿A Francia?

—Venga, vamos a ello —me dice.

—¿Justo aquí? ¿En mitad de la pasarela? —Pienso que está loco, pero estoy dispuesto a seguirle en esta locura.

—¡Joder, que son diez segundos!

—Pero… ¿Lo de tirar…?

—¡Que sí, coño! ¡Que no hay nadie! Estamos solos.

—No, si al final tú quieres tu puntito *Thelma & Louise*. A la ría no nos tiramos con el coche, pero algo tienes que tirar, ¿no?

Las nubes definitivamente han ganado la partida un día más y cubren ya Getxo, Portugalete y todo el Nervión.

—Avanza un poco y ahora te cojo. —Lo miro indeciso, como queriendo cumplir su deseo, pero no me gusta la idea de dejarle solo—. ¡Venga, tira, joder! —me dice sonriendo y haciéndome un gesto con la mano.

—¡Que no, papá! Si somos Thelma y Louise, yo quiero estar presente.

—¡A este ritmo acabará pasando una barca por debajo y le daré a un *euskaldun* en la cabeza!

—Y nos condenarán por homicidio involuntario —le sigo la corriente sonriendo.

—Tócate los cojones, ¡y la otra libre! —Sonríe—. Bueno, eres un cabezón, desisto. Te dejo que des fe. ¿O pretendes que la tiremos los dos a la vez agarrando cada uno un asa?

—¡No, no! Tampoco es eso. —Aunque, visto cómo sus fuerzas van menguando cada día, me entran dudas de si podrá arrojarla él solo.

—Menos mal que me dejas. ¿No es esta es mi historia? ¡Pues tendré que ponerle yo fin!

Al oírle decir «mi historia» y «ponerle fin», me lo imagino escalando esa protección y tirándose a la ría. Y quizá fuera buena idea para ahorrarse ese calvario de dolores que parece esperarle con nuestro regreso.

Cuando me quiero dar cuenta, le veo con el brazo extendido hacia atrás igual que el *Discóbolo* de Mirón, con el mismo estilo con el que le vi jugar alguna vez a la petanca. De su mano sale volando una bolsa negra que cae en mitad de la ría y desaparece de nuestra vista. Sin más rastro en la superficie que algún aro de hula-hop que alcanzamos a ver, pero que apenas dura nada.

—Bueno, pues como los salmones —suelto.

—¿Qué?

—Que es como los salmones, que vuelven a la ría a morir —explico echando mano de mi repertorio poético hortera.

—No tendría que haber salido nunca de aquí. ¿Has visto qué rápido ha caído?

Y se ríe. Con su mejor sonrisa granuja. La de Robert Redford en *El golpe*.

—Le añadí una bola de petanca.

Me planteo decirle que la velocidad de caída libre de un cuerpo no depende de su masa, sino de la gravedad, y contarle que Galileo tuvo que subirse a la torre de Pisa para demostrárselo a los incrédulos, pero le devuelvo la sonrisa como si yo fuera Paul Newman.

66

Según la veía aparecer en el salón, Azkar bostezaba y estiraba todo su cuerpo blanco de manchas negras, igual que ella en sus prácticas de yoga con el saludo al sol. Justo después, se acercaba a reclamarle las primeras caricias con los movimientos imparables de su cola, nervioso ante el primer paseo del día. Nervioso, pero menos que ella, que no había pegado ojo recordando a Juan y a Mateo en la grada.

Por las calles de Getxo solo se escuchaban las voces de alguna cuadrilla en retirada, a esas primeras horas del domingo en las que Bilbao comenzaba a desperezarse.

Azkar no desentonaba lo más mínimo en el muelle de Las Arenas: con su porte elegante, sin apenas tirar de la correa negra, andando al mismo ritmo que ella como si fueran dos remeros de las traineras que ya entrenaban en la ría a esas horas.

Como buen dálmata, llamaba mucho la atención, pero afortunadamente ella aún pasaba desapercibida. Solo era la entrenadora del Barakaldo. Quizá, si algún día llegase al Athletic, la cosa cambiaría.

Escuchó una voz a su espalda:

—¡*Amatxu*!

Azkar se giró rápido y al verlo comenzó a tirar de la correa.

—Vaya horas, ¿no?

—Nos liamos un poco anoche —contestó Jon sonriendo mientras se rascaba la cabeza.

Se conformaba con verlo consciente y con que la reconociera. Recordando todo lo que ella había hecho a esa edad, no se veía en condiciones de exigirle nada. Era imposible que él no la mejorase.

—¿Está Aimar en casa? —preguntó.

Parecía llevarse bien con él, pero entendía que le molestara un poco compartir piso a veces con un extraño cuando siempre habían sido solo ellos dos.

—Sí, andaba remoloneando sin levantarse. ¿Por dónde salisteis?

—Por el Casco Viejo. ¿Tú ya estás recuperada?

—¿De qué?

—De la goleada, joder.

—Solo era un partido más.

—¡Que yo no soy la prensa, *amatxu*! ¡Siempre tan estoica! Venga, os acompaño un poco.

Iba a llover ese domingo. Las nubes se movían rápido desde el mar hacia la costa y parecía que el ferri, que a lo lejos zarpaba ya hacia Portsmouth, estaba huyendo de la tormenta que se avecinaba.

—Me encanta mirar desde este banco —confesó sentándose enfrente del Puente Colgante y cogiéndole de la mano—. Cuando era pequeña, desde Portu siempre miraba hacia esta orilla pensando que quería vivir aquí cuando fuera mayor. Era uno de mis grandes sueños.

—Y aquí estamos. *Amatxu*, ¿quiénes eran esos dos que parecían querer saludarte ayer en la grada?

—¿Quiénes?

—Pues el señor mayor ese y el otro que iba con él, que estaban un par de filas más abajo que yo. Con los que no te paraste.

—¡Aaah! Una larga historia, *txiqui*.

—Pero no hablasteis.

—Ya. Te he dicho que es una larga historia.

Jon y ella miraban cómo la barcaza cruzaba, bajo el Puente Colgante, la ría una vez más. En lo alto de la pasarela ya se empezaban a ver algunos visitantes. Eran las diez, hora de ir a por los churros para tomarlos con Aimar.

67

Bajar todas las persianas de un piso a las once de la mañana es como anunciar tu partida a bombo y platillo. Por un momento te conviertes en el afilador de cuchillos encadenado al pito que va haciendo sonar en cada esquina, o en el tapicero que hace repetir continuamente por el altavoz que «revisto todo tipo de muebles». Te sientes en deuda con los vecinos que llenaron el tanatorio y quieres avisarles de que ya te marchas. Sin fecha de vuelta, además. Cuándo volveré a esta casa será ya un tema más de la agencia inmobiliaria que mío.

Entra el sol por la ventana del salón y me gusta recordar que hace tan solo unos días estuvisteis aquí. Cautelosos, tímidos al principio, como queriendo no romper nada con esos brazos desgarbados y esas piernas tan largas. Ya quedan muy lejos los pequeños curiosos que hasta se intentaban meter en el paragüero de la entrada con forma de bota para dar un susto al abuelo. Ahora andáis más recatados, aunque me gustó mucho ver cómo, al rato de estar por aquí, comenzabais a revolver todo a vuestra manera. Disteis ruido al día tan negro en el que me tocaba desmontar este escenario.

Cada vez que aparecíais con algo que llevaros, conseguíais enchufarme vuestra vitalidad para que pudiera seguir llenando las bolsas de plástico del Supersol con sus calzoncillos blancos, camisetas interiores de tirantes y calcetines de hilo oscuros.

Ya no sé si lo hacíais por él o por mí. ¡Igual hasta os pensabais que, de no llevaros nada, me hubiera sentido ofendido! Pero todo me parecía bien.

Vuestra madre cogió su pañuelo violeta. Ella siempre sería su Laia, por mucho que nos separásemos. Inspiró su olor tan profundamente antes de guardárselo en el bolso que hasta le agradecí tanto cariño, y me hizo suponer que, pese a nuestro divorcio, habían mantenido mucho más contacto del que imaginaba. Aunque yo estuviera en la otra habitación, pude apreciar también el perfume a vainilla que seguro que conservaba el pañuelo. Era el mismo que llevaba el primer día que le acompañé al Ramón y Cajal, cuando conocí a la enfermera rubia de ojos azules con la que se sonrojaba. ¿Se llamaba Laura? ¿Estará ahora agarrando a otro tipo del brazo para pedirle que entre también a la consulta del doctor Palazón porque ya sabe que le van a dar malas noticias a su padre?

Sentado sobre la cama, recorriendo con los dedos los cuadros bordados de su colcha, que fue blanca, aunque ahora luzca algo amarillenta, oí cómo os acercabais por el pasillo. Habíais decidido quedaros con algunas gorras y corbatas, como si algún día os las fuerais a poner con esas melenas que os tapan los ojos. También queríais los relojes y, en cierta medida, buscabais mi aprobación porque imaginabais que eso ya era un dinero. ¡Pero me hacía tan feliz pensar que esas pertenencias suyas le sobrevivirían!

Yo estaba tan absorto con sus cosas que, en varios momentos de la mañana, sentí como si todo se hubiera detenido, pero los gritos del patio del Mater que entraban por la ventana me recordaban lo contrario: la vida seguía y lo que yo estaba haciendo era desterrarle a él del mundo de los vivos, igual que vosotros haréis conmigo algún día.

¿Quién se quedará mi colección de libros de Tintín? Seguro que tú, Pau. Y si me apuras, también te encabezonarás con la de Astérix. Marc, tú irás derecho a rebuscar entre la ropa.

Lo sé de sobra. Ya con tres años nos pediste tus primeras Nike para tu cumpleaños y nunca faltó un par nuevo cada año. Habrá algo que llamará tu atención: alguna americana, una camiseta o el cinturón negro de la hebilla plateada de Calvin Klein en el que siempre te fijas cada vez que lo llevo puesto.

La persiana de la habitación de vuestro abuelo cae como un peso muerto. Cansada y vaga, parece que llevaba tiempo queriendo desenrollarse para entrar de una vez en ese sueño profundo.

La de mi cuarto cae en dos actos porque sujeto firme la cinta al ver que, más allá de la calzada, detrás de lo que siempre creeré que es un arce, lucen unas flores blancas atadas a la farola, como si no me quitaran ojo. Veinte años después, ese tronco de acero ha vuelto a florecer.

¿Quién las habrá puesto?

No sé si a vosotros os llamó la atención la cantidad de veces que se refirieron a él como «el señor Juan» cuando vinieron a darnos el pésame. Como si fuera el Corleone del barrio. Como si supiera todo sobre las vidas de sus clientes, consciente de quién no se hablaba con los hijos, quién ponía los cuernos o quién no llegaba a fin de mes. Hasta acabaría haciendo sus trapicheos y llevando la cuenta de la tragaperras para avisarles cuando el premio estuviera a punto de salir. A todos ellos les daría pildoritas informativas sobre su hijo arquitecto, que se había ido a triunfar a Barcelona, para que entraran al trapo y se desahogaran después contándole sus secretos. Lo de las grietas de mi primera edificación seguro que no salió. Ni lo del proyecto en el que estuve tantos años metido y que nunca vio la luz. «Los trapos sucios se lavan en casa», decía siempre. El problema era que nunca lavábamos ninguno. Él el primero, encubriendo a una terrorista de ETA durante veinte años e incapaz de haberme preguntado por ella. Los dos nos limitábamos a echar los trapos al cesto de la ropa sucia pensando que ya se lavarían solos, aunque lo normal es que hubiese tanta ropa acumulada que la tapa ya ni cerrase.

Al menos, me quedará el consuelo de que hemos podido remontar un poco nuestra relación en este esprint final. No como para decir que conseguimos una victoria, pero sí como para maquillar una derrota que iba a ser aplastante.

Al echar la llave en el descansillo, el Cristo de la puerta con la mano levantada, que parecía desafiarme cuando regresé aquí tantos años después, me mira ahora de otra manera, como si estuviese bendiciendo este viaje que Zuri y yo vamos a emprender. No sé a cuento de qué, pero palpo su silueta de latón y le doy gracias por esa despedida que me ofrece. O más bien agradezco que sea tan diferente al Cristo crucificado y hostil del ataúd de mi padre, que me aterrorizaba mientras las cuerdas se deslizaban e iban bajando la caja con precisión quirúrgica, con esos bamboleos que parecían acunarle por última vez.

El motor del Renault 21 suena muy bien. Se nota lo cuidado que está. Al arrancar, el pino de cartón que cuelga del retrovisor se menea y parece exhalar aún cierto aroma a monte, o a lejía, o a monte y lejía. Las bolitas de madera del asiento que no me he atrevido a quitar se me clavan en la espalda, pero debo de haber desarrollado cualidades de faquir en este tiempo con él, porque no me duelen. Se han convertido en un abrazo que quiero sentir, un poco incómodo, sí, pero su abrazo.

En el semáforo en rojo, echo un último vistazo por el retrovisor a las ventanas ya cerradas de su casa, a los toldos rosas y desgarrados de La Valencita y a esas flores blancas recién atadas a la farola. A mi lado, donde él iba sentado de camino a Bilbao, llevo ahora su saxo y el póster de *Manhattan*, e imagino que son él y mi madre quienes hablan sentados en ese banco.

Como si se diese cuenta de mi ánimo, Zuri trata de llamar mi atención con ladridos desde el asiento de atrás, atado con ese cinturón de seguridad para perros que le he comprado.

Cada vez que me doy la vuelta para mirarle, gira sorprendido la cabeza noventa grados y me provoca una sonrisa.

En la M-30, al pasar junto a la señal que indica la A-3, mi corazón toma el desvío y se va directo a Arganda, al adosado de Raquel. Poco a poco, hemos iniciado algo con muy buena pinta y creo que, en parte, me marcho con la seguridad de que, casi cada fin de semana, acabaré yendo yo a Arganda o ella viniendo a Jaén. Incluso Zuri y Axel podrán hacerse amigos. Eso sí, el cómo tratar con ella el tema de Malen me atormenta un poco. Prefiero no pensarlo mucho, pero creo que no podría llevarlo en secreto mucho más tiempo si seguimos juntos. Tampoco sé si ella podría soportar la decisión que tomó mi padre y que, por otro lado, quiero respetar.

Lo que va a pasar ahora podría adivinarlo. Campos amarillos, polígonos industriales aislados y macrourbanizaciones en mitad de la nada marcarán los últimos coletazos de mi relación con Madrid.

Lentamente, el sol caerá y los campos marrones, los campanarios y los toros de Osborne irán rompiendo esos lazos.

Hasta que lleguemos a los campos de olivos, donde ya no habrá vuelta atrás.

Por el parabrisas, a las afueras de Jaén, veo un cartel que vibra con el aire y que anunciará la construcción de un nuevo polideportivo. A su lado, una gran losa de hormigón armado estará aguardando mis decisiones sobre la cubierta de vigas laminadas.

Cuestión de física.

Como esos pilares desnudos que estarán calculados para resistir al peor solano que se pueda levantar en Jaén y que, por muy fuerte que sople, nunca podrá borrar la sonrisa canalla de mi padre.

Agradecimientos

Al igual que hizo Pedro Almodóvar al recoger allá por el año 2000 —en el que está ambientada una parte de esta novela— el Óscar a mejor película extranjera por *Todo sobre mi madre* ante la deslumbrante mirada de Penélope Cruz y Antonio Banderas, es a mi hermana Arancha a quien primero quería agradecerle cada «me gusta mucho» con el que me respondió a tantos relatos sobre los que me dio su opinión. Ella no le puso velas a san Judas Tadeo como la hermana de Almodóvar, pero su continuo interés e ilusión por mis pequeños pasos literarios tuvo el mismo efecto o incluso mayor.

También quería darles las gracias a Julio, Raúl y Óscar, por su continuo apoyo en estos inicios literarios. Y, por supuesto, a mis queridísimos Julio y Raquel, que siempre han estado ahí.

Si tuviera que decir qué imagen me viene a la cabeza por la palabra «mentor», diría sin duda la de Javier Sagarna, que con su Escuela de Escritores ha impulsado un proyecto maravilloso para elevar la enseñanza de la escritura al lugar en el que merece estar. Javier, es una suerte haberte escuchado y haber seguido tus consejos, tan clínicos y acertados siempre. Y, hablando de Escuela de Escritores, no puedo dejar sin mencionar a mis queridos Ignacio Ferrando y Alfonso Fernández Burgos, dos maestros maravillosos y diferentes cuyos comentarios y enseñanzas resuenan con frecuencia en mi mente.

Tampoco quería olvidarme de mi paso inesperado por el certamen literario de Los Monegros, que vino a darme luz cuando menos veía, aunque una nevada descomunal me impidiese llegar a tiempo de recoger el premio y de escuchar la jota compuesta en mi honor. Tenemos una deuda pendiente.

Una luz con la que también me iluminaron mis queridos Álvaro, Luquitas y Laura, a los que siempre agradeceré su imparable impulso, al igual que a Gabriel, Antonio y Miguel, que me echaron un cable tremendo con cuestiones que fueron desde el diseño y maquetación de cubiertas imaginarias para mi manuscrito hasta innumerables impresiones de incontables borradores que taché una y otra vez.

Y, por supuesto, un agradecimiento inmenso y perenne a Gonzalo y Alberto por la enorme oportunidad que me habéis dado en este mundo tan complicado como es el editorial, así como a todo el equipo maravilloso de profesionales que han acompañado el nacimiento de este libro. Os dedico unas gracias sinceras por haber creído en este proyecto.

Y, por último, quería finalizar estos agradecimientos con la figura de Elena, una vez más, por sus continuos y sabios consejos, siempre cuidados y meditados. Sin duda, han sido vitales para enriquecer esta obra.